지중해의 여름

지중해의 여름

한복용 수필집

bookin

책을 펴내며

첫 수필집을 엮고 3년이 지났다. 두 번째 수필집이다. 부지런히 농사를 지었건만 결과는 여전히 허술하고 변변찮은 수확인 듯해서 또 부끄럽다. 선배들은 '지금 네가 가지고 있는 것만큼만 보여주는 게 맞는 거라'고 말한다. 물론 자신의 키를 넘을 수는 없을 것이다.

첫 번째 책이 나의 유년과 가족 이야기에 한정되었다면 두 번째 책에서는 시선을 밖으로 확장해서 영화나 미술, 성소수자의 소외, 꽃에 관한 이야기 등 사고의 폭을 키워보려고 노력했다. 내면과 외면 그 어느 것이 되었든 인간에 대한 탐구라면 채굴의 손길을 멈춰서는 안 될 것 같다. 인간의 정신 너머 그 오지 탐구가 문학이기 때문이다.

첫 수필집을 읽고 나의 펜클럽 회장을 자처한 어느 분의 편지를 받았다. 그 분은 글을 쓰는 동안 내가 명심해야 할 몇 가지를 적어서 보내주셨다. 그 중 "유명 작가들의 가식과 화려함의 위장에 현혹되지 마시고, 작가로서 우월감의 함정에 빠지지 마십시오!"라는 그 당부를 잊지 않으려고 메모한 쪽지를 필통 안에 넣고 다녔다.

책 한 권 내면 산후통이라 하여 한동안 글이 써지지 않는다고 한다. 생각해보니 나는 그럴 새도 없었던 것 같다. 잠시 손을 놓고 있으면 어떻게 아셨는지 전화를 걸어, 쓰던 글이 어느 정도 진행되었는지를 체크하고, 도움이 될 만한 책을 권해 주셨던 선생님이 계셨다. 혼자라는 생각이 들지 않았다.

두 번째 수필집도 흔쾌히 맡아준 도서출판 북인 대표께 감사드린다. 그리고 어설픈 나를 '특별한 작가'로 대우해주는 사랑하는 형제자매와 가장 가까운 곳에서 나와 키를 맞추고 힘을 불어넣어주는 분들에게 고마운 마음을 전한다.

글쓰기를 내 반려로 갖게 되어 다행이다. 걸음이 멈출 때까지 펜을 놓지 않을 것이다.

2017년 1월 5일

한복용

차례

제4부 미련한 완주

제5부 유리문 안에서

제1부

멋진 놈, 굿바이

클림트의 '키스' 앞에서 · 떨림의 눈빛 · 멋진 놈, 굿바이
서점 가는 날 · 죽여주는 여자 · 소주 반 병과
커피의 사생활 · 흐린 하늘 · 그의 '부끄러움'과 만나다

클림트의 '키스' 앞에서

예술의 전당 한가람 갤러리 제7전시실. 나는 전시실 중앙에 걸려 있는 구스타프 클림트의 그림 〈키스〉 앞에 서 있다. 한 여인이 절벽을 뒤로 하고 곱슬머리 남자와 포옹을 하고 있다. 아니, 키스 중이다. 다시 말하면 황금빛 가운을 입은 남자가 맨발로 무릎을 꿇은 여인을 끌어안고 그녀의 입술에 키스를 하려 한다. 남자의 목을 부드럽게 감싼 여자의 가늘고 긴 손가락의 꺾임을 보며 나는 그녀의 행복지표를 짐작한다. 자신의 모든 것을 내맡긴 듯 그냥 그대로 하나가 되어버리고 싶은 듯한 간절함이다. 화려한 황금빛 물결 사이로 드러난 그녀의 가녀린 발목과 발가락은 묘한 긴장감을 주기에 부족함이 없다. 위험한 열정을 암시라도 하듯 두 사람의 무릎이 맞닿은 곳에는 보라빛 꽃이 한창이다. 남자는 너무도 사랑스러운 여인의 얼굴을 양 손으로 감싸 안는다. 눈을 지그시 감고 입맞춤을 받고 있는 여인의 모습에서 나는 불현듯 한 여자의 얼굴이 떠올랐다.

큐레이터 신정아. 전 청와대 정책실장 변양균과의 스캔들로 언론의 도마에 올랐던 그녀다. 그가 남자에게 보냈다던 연서戀書에 마침 클림트의 〈키스〉에 대한 이야기가 적혀 있었다.

당신은 전설 속에 나오는 이스라엘의 여걸 유디트 손에 죽은 홀로페르네스처럼 나에게 성적으로 유혹당해 죽음에 가까운 정사를 한 번 했으면 하셨지만…….

저는 빈 시내 남쪽에 있는 바로크 궁전 벨베데레에 소장된 클림트 그림 키스처럼 두 남녀가 꼭 껴안고 성적 교감의 여명을 틀며 시작하는 정사를 당신과 꿈꾸고 있어요.

에로티시즘이 순간적인 육체의 환락이 아니라 영원으로 진입하는 일종의 관문처럼 순간적인 정사의 덧없음을 초월해 욕망의 숭고한 충족에 이르도록 노력한 클림트처럼 숭고한 에로티시즘의 미학을 당신과 나누고 싶어요. 곱슬머리의 남자가 꼭 껴안은 여자의 더 없이 행복한 표정, 오르가즘 직전의 환희가 표현된 얼굴의 그 그림을 보면 저도 언젠가 그런 정사를 하리라 했죠. 그 남자가 내게 당신으로 다가왔다는 걸 저는 본능적으로 느낄 수 있었죠.

이 편지는 가짜라고 한다. 하지만 인터넷 사이트에는 '에로틱한 신정아 연서'라는 제목의 기사가 일파만파로 번졌다. 그 사건으로 클림트의 〈키스〉는 더욱 유명세를 탔으며 패션과 인테리어 전반에도 막대한 영향을 미쳤다고 한다. 그 사건으로 〈키스〉에 궁금증이 인 나는 그에 관한 자료를 찾으며 더욱 작품에 빠져들었다.

유디트와 홀로페르네스는 이스라엘 신화에 존재하는 인물들이다. 위기에 처한 이스라엘을 구하기 위해 미망인 유디트는 홀로페르네스에게 접근해 그를 유혹한다. 팜므파탈이 된 것이다. 유혹에 넘어간 그는 결국 목숨을 잃는 파멸에 이르고 만다. 〈키스〉는 예고된 그 파멸을 벼랑으로 표현했다.

클림트의 작품 〈키스〉는 템페라(아교 또는 달걀의 노른자 따위로 녹인 안료로 불투명한 그림물감)와 금박, 은박을 함께 사용하여 화면을 화려하게 수놓은 것이 특징이다. 추상의 경계를 허물었고 관능적이며 몽환적으로 표현되었다고 평론가들은 언급한다. 클림트의 그림은 분리파 시기(1897~1904년)[1]에 이르러 장식적인 양상이 두드러지기 시작했는데 그 시기의 작품엔 황금색이 많아지고 파격적인 장면들이 자주 등장했다고 한다. 거기에 에로틱한 분위기가 한 몫을 했을 것이라는 평도 나돌았다. 그러나 무엇보다도 클림트의 그림이 유명해진 것은 일종의 티핑포인트(아이디어나 사회적 행동이 바이러스에 전염되듯 확 퍼지는 순간)에 도달한 결과라고 말하는 이들도 있었다. 그림에 대해서

1) 분리파(1897~1904년) : 19세기 말 독일 및 오스트리아에서 일어난 회화, 건축, 공예운동으로서 프랑스의 인상주의와 아르누보의 영향을 받고 일어난 영국의 공예운동, 독일의 유겐트슈틸(독일에서 19세기 말부터 20세기 초에 걸쳐 유행하였던 미술 양식) 등과 더불어 근대 건축과 공예의 생성에 중요한 역할을 하였다.

문외한인 나이지만 〈키스〉 한 작품만으로도 이들의 설명을 다소 이해할 수 있을 것 같았다.

신정아 사건에 대한 포문이 열린 것은 '학력위조사건'과 관련하여 그녀가 광주비엔날레 예술감독에 선임된 것으로부터였다. 광주비엔날레는 세계적으로 인정받는 예술가들의 축제이다. 비엔날레의 감독이 되려면 그만한 경륜과 실력을 인정받아야 한다. 그러나 그녀는 그때 겨우 30대 중반의 젊은이였다. 그 파격적인 인사에 변양균이 연루되었을 것이라는 거다.

우리 사회는 지나칠 정도로 남의 잘못에 관대하지 못하다. 돌팔매질에서 서슴없는 매도에 이르기까지. 모든 것을 훼손시키고 나서야 마침내 사건은 잠잠해진다. 언론은 사람들의 호기심을 잔뜩 유발시키고 집요하게 한 인간을 난도질한 뒤, 언제 그랬냐는 듯이 외면해버린다. 엄밀히 말하면 사생활이고 그들 스스로가 책임져야 할 부분이었다. 우리가 돌을 던질 일이 아닌 것이다.

나는 최근, 인터넷 검색을 하다가 우연히 변양균의 인터뷰 기사를 보았다. 흐르는 시간은 많은 것들을 유연하게 하는가 보다. 기사 속의 그는 다소 편안해진 듯한 모습이었다. 인터뷰어의 짓궂은 질문에도 여유가 있었다. 가끔은 가벼운 농담도 섞었다. 그는 '신정아 사건'을 겪고 난 후의 심정을 묻자 '반성은 하지만 후회는 않는다'고 대답했다. 중의적 표현일 수도 있겠으나 그 대답이 나에겐 '그녀를 사랑한 것을 후회하지 않는다'로 읽혀졌다. 그가 신정아에게 마지막으로 보냈다는 편지 내용이 기사 끝부분에 공개되었다.

> 사랑하는 정아, 울지 말아요. 눈물을 닦아요. 씩씩하게 조사받도록 해요. 세상에 드러나지 않았다면 좋았겠지만 이렇게 된 것 너무 의기소침하지 말아요. 솔직하게 다 털어놓을 각오만 되어 있다면 검찰조사가 두렵지 않을 거요.
>
> 어제 신문에 '당찬 걸음걸이로 씩씩하게 검찰청 계단을 올라갔다'고 나와 있었는데 평소의 정아답게 그렇게 조사받아요. 나도 이제 억울하다는 생각 다 버렸어요. 담담한 마음으로 조사받고 있어요.
>
> 50대 후반으로 접어든 한 사나이의 젊은 여자에 대한 사랑은 이렇게 종말을 맞았구나, 하는 생각으로 명성과 명예에 대한 집착 다 버렸어요. 누가 무어라 해도 정아에 대한 내 사랑은 진실이었소.

1년 6개월 간 교도소 생활을 한 신정아는 출소 후 『4001』이라는 책을 출간했다. 그간 세상에 알려지지 않은 이야기들, 즉 동국대 교수 채용 과정과 정치권 배후설에 대한 이야기, 예일대 박사 학위 수여의 전말, 연인 관계였던 변양균과의 만남, 그리고 문화일보 보도의 전말 등 사람들이 궁금해하는 일들을 고백했다. 그 책을 읽으며 감춰두어도 좋을 것을 끝내 드러낸 것에 대한 안타까움을 숨길 수가 없었다.

쇼펜하우어는 '사랑은 없다'고 했다. 『쇼펜하우어의 인생론 에세이』를 보면 그는 사랑에 목숨을 건 사람들의 위대성을 찬미하지만 사랑의 최종 목적은 오직 '인류의 종족 유지'라는 사명감을 완수하는 데 있다고 한다. 사랑하는 사람들이 정신적 사랑에 만족하지 않고 육체 관계를 목표로 하고 있다는 것, 그리고 공간적으로 멀리 떨어져 있으면 서로 사랑을 확신하고 있다고 해도 전혀 위로가 되지 않는다는 것을 보면 알 수 있다는 것이다. 그렇다면 사랑은 없고 섹스만 있다는 것일까. 아니면 사랑이라는 감정조차도 한낱 종족 유지를 위한 수단에 불과하다는 것일까.

인터뷰 기사를 읽고 나서 나는 새삼스럽게도 그들의 사랑이 궁금해졌다. 그는 정말 그녀를 사랑한 것일까. 그녀는 그를 사랑했을까. 당신과 나누고 싶다던 그녀의 '에로티시즘의 미학'은 과연 사랑이었을까? 어쩌면 그들이 말한 사랑은 자신들의 행위를 정당화시키기 위한 변명에 불과한 것일지도 모른다는 생각을 부인할 수 없었다.

그러나 인터뷰에서 변양균이 했던 말, '젊은 여자에 대한 사랑, 그로 인해 종말을 맞았지만 누가 뭐라 해도 정아에 대한 내 사랑은 진심이었소'라는 그 '진심'을 나는 믿어보고 싶었다. 어쩌면 그들은 그 순간만큼은 진정한 사랑을 했을지도 모르기 때문이다. 벼랑 끝으로 떨어지는 한이 있더라도 한 순간 자신을 불태울 수 있다면, 정말 그런 심정이었다면 가능한 일이었지 싶다.

나는 언제나 사랑 앞에서 주춤거렸다. 마치 해서는 안 되는 일을 하는 듯 쭈뼛거렸다. 사랑이 찾아와도 애써 그걸 부인했다. 사랑을 확신하지 못했고 사랑의 영원성을 의심했으며 가슴 아릴 종말을 두려워했기 때문이다. 그러고 보면 나는 겁쟁이다. 내 마음을 온전히 드러내지도 못하면서 나에 대한 상대방의 마음만 짐작하려 했고 그 사랑이 얼마만큼 갈 수 있을까 계산하려 했다. 이제는 익숙해졌다고 믿었던 이별의 아픔마저도 사실은 견디지 못하고 있었던 셈이다.

전시장에서 〈키스〉를 보고, 한때 세간에 파문을 일으켰던 두 남녀의 사랑 이야기를 돌이켜보면서 어쩌면 그들의 사랑에는 믿음이 전제돼 있었을지도 모르겠다는 생각이 들었다. 그들처럼 나도 사랑을 한 번 믿어보고 싶어졌다. 우연이라도 사랑이 다시 찾아온다면 이번만은 지레 겁먹지 말고 보이는 대로, 만져지는 대로, 느껴지는 대로 나를 맡겨보면 어떨까. 그 끝이 나락이 되었든, 그 감정이 종족보존의 수단이 되었든, 순간에 충실해보고 싶어진 것이다. 그것이 새로 시작하는 나의 사랑에 최선을 다하는 일이 될 것이므로.

클림트의 작품 〈죽음과 삶〉을 마지막으로 전시장을 빠져나왔다. 반포대교를 건너며 황금빛 석양과 마주쳤다. 눈이 부셨다. 아무 생각도 나지 않았다. 핸들을 잡은 손끝이 잠시 떨렸을 뿐. 차가 멈춰선 동안 망연히 핏빛 노을과 마주하였다. 마치 절벽 위의 두 연인처럼 석양은 위태롭게 하늘 끝에 걸려 있었다. 그들이 꿈꾸었던 죽음과도 같은 정사. 죽음마저도 불사한 불온한 키스…….

마지막 정염情炎을 불태우며 지는 해가, 알 수 없는 내 마음에 소용돌이를 긋고 지나갔다.

●

떨림의 눈빛

여류화가 조지아 오키프의 눈빛이 오빌 콕스에게 깊숙이 가닿는다. 추파를 던지는 듯 오묘하고 은근하다. 그날 여행가이드였던 콕스는 수줍은 듯 고개를 살짝 숙이고 옷매무새를 고치는 중이었다. 이 미묘한 순간을 놓치지 않고 35mm 소형 카메라에 담은 건 현대 사진계의 거장 안셀 아담스이다.

경향신문의 문화면을 펼치다가, 세종문화회관에서 열리고 있다는 안셀 아담스의 전시회 사진 한 장이 내 마음을 흔들었다. 그는 1937년 애리조나의 캐니언 드 셰이를 친구들과 함께 여행하던 중에 이 사진을 찍게 되었다고 밝혔다. 나는 사진 속 두 사람의 모습을 한참 동안 지켜보다가 가위로 기사를 오렸다. 그러고도 얼핏 남성성이 느껴지는 조지아 오키프의 의미심장한 눈빛에서 좀처럼 벗어날 수 없었다. 또한 그의 시선을 애써 못 느낀 척 고개를 숙이고 있는 오빌 콕스의 무심한 표정이 왠지 가슴을 아리게도 했다. 얼마 전 보았던 영화 〈브로크백 마운틴〉이 떠올랐다. 에니스를 향한 잭의 간절했던 눈빛이 다시금 생생하게 되살아났던 것이다. 세상 속에서 불안하기만 했던, 그래서 평생 안고 가야만 했던 그들의 외로움을 영화는 끝날 때까지 한시도 외면하지 않았다. 사진 속 조지아의 눈빛은 잭의 눈빛과 무척이나 닮아 있었다.

〈브로크백 마운틴〉은 동성애에 적대적이었던 1960년대 미국 사회를 배경으로 한 영화이다. 영화가 시작되면 금방이라도 줄이 끊어질 듯 팽팽한 느낌의 기타 연주가 극도의 긴장감을 연출하고, 어둠 속 자동차 불빛이 먼 길 달려온 누군가의 인생처럼 지친 여정을 말해준다. 길게 늘어선 띠구름이 화면을 가득 채우다가 맑은 하늘이 펼쳐지고, 잭과 에니스의 만남이 시작된다.

에니스와 잭은 브로크백 마운틴에서 한철 양치기 일을 하며 서로 묘한 감정에 빠져든다. 잭과 하룻밤을 보낸 에니스는 낯선 상황에 어색해하며 그의 시선을 뒤로 한 채 양떼가 있는 산으로 올라간다. 에니스는 자신을 원하는 잭에게 그저 하룻밤에 일어난 일일 뿐이라고 단호하게 말하지만 잭의 간절한 손길을 끝내 밀어내지 못한다. 결국 교대로 양떼가 있는 산을 지켜야 할 밤 시간에 그들은 서로를 끝없이 탐닉하게 된다.

산짐승들에 의해 양들이 죽어나가고 마침 태풍이 온다는 예보도 있어 그들은 예정보다 빨리 일을 마무리해야 했다. 하지만 그것은 그들을 쫓아내기 위한 주인의 핑계였다. 어느 날 양치기 감시를 위해 산에 오른 주인의 눈에 벌거벗고 뒹구는 그들의 모습이 적나라하게 노출되었기 때문이었다.

산에서 내려온 그들은 각자 결혼을 하고도 20여 년 동안 비밀리에 만남을 유지한다. 그러나 그들 앞에 놓인 현실은 그리 만만치 않다. 두 사람이 부둥켜안은 모습을 보게 된 에니스의 아내는 가슴속에 아픔을 묻어두지만 끝내 가정에 충실치 못한 남편에게 이혼을 요구한다.

에니스의 이혼 소식을 듣고 단숨에 달려온 잭에게 에니스는 여전히 무심하다. 잭은 그 길로 멕시코로 넘어가 동성애자들의 사창가를 서성인다. 넋이 나간 듯한 잭의 눈빛은 슬픔으로 가득했다. 그런 잭의 모습 위로 〈Quizas, Quizas, Quizas〉가 흐른다.

> 당신은 나를 사랑하고 있는 것일까? 나는 어떻게 하면 좋을까? 언제나 당신은 나에게 '어쩌면, 어쩌면' 하고 말하고 있지요. 나는 백만 번이나 물었지만, 다시 한 번 묻겠어요. 그래도 당신의 대답은 오로지 '어쩌면, 어쩌면'이라고 할 뿐이지요. 정말 사랑하고 있다면, '예스'라고 말해 주세요.

쿠바 출신의 오스발도 파레스Osvldo Farres가 만든 볼레로 곡으로 유명한 이 노래는 잭의 외롭고 고독한 심정을 잘 표현했다. 음악을 배경으로 한 동성애자의 손에 이끌려 아득히 사라져가는 잭의 뒷모습은 차라리 절망적이었다.

얼마의 시간이 지나 모처럼 잭에게 전화를 건 에니스에게 잭의 아내는 덤덤하게 그의 죽음을 말해준다. 에니스의 주름진 얼굴 위로 외롭고 쓸쓸하게 죽음을 맞이했을 잭의 얼굴이 오버랩 된다. 잭을 떠올리며 마른 눈물을 흘리던 에니스는 잭의 고향집을 찾아가 그의 방을 둘러본다. 잭의 옷장을 살피던 에니스의 손이 순간 멈칫한다. 20여 년 전 두 사람의 주먹다짐으로 번진 피 묻은 자신의 셔츠를 잭은 자기의 옷 안에 나란히 포개어 걸어두었던 것이다. 그걸 가슴에 품은 채 에니스는 오열한다.

영화가 끝나고 나는 한참 동안 그 여운에서 빠져나올 수가 없었다. "동성애는 아주 섬세한 사랑입니다. 왜냐하면 순수한 근원인 우정을 느끼게 해주니까요"라고 말하던 마르셀 프루스트의 말도 귀에서 떠나지 않았다. 영화를 보는 동안 그들이 동성이었다는 사실을 새까맣게 잊고 있었다는 사실도 신기했다.

다수에 의해 소외되었던 그들. 그들이 소외를 감수하면서까지 사랑하는 이에게 보낸 그 눈빛은 단지 애절함만은 아니었을 것이다. 그것은 인간이 인간에게 보내는 이해와 믿음, 그리고 소통의 눈빛, 그들의 사랑을 무조건 꺼려하려고만 드는 세상에 보내는 그들만의 간절한 목소리가 담긴 떨림의 눈빛이 아니었을까.

영화의 여운이 채 사라지기 전, 연극 한 편을 소개받았다. 동성애자의 이야기를 다룬 〈프라이드〉였다. 이 작품은 1958년과 2015년, 두 시대의 상황을 교차해 보여주었다. 그러나 〈프라이드〉에서 필립을 바라보는 올리버의 눈빛이 〈브로크백 마운틴〉에서 에니스를 바라보던 잭의 눈빛을 연상하게 했을 때 나는 동행한 이를 의식하지 않을 수 없었다. 아직 그들의 사회에 대해 자유롭지 못한 나의 사고 때문이었을 것이다.

동성애자들의 갈등과 그들을 바라보는 이들의 날선 시선을 배우의 표정과 음악, 무대장치로 짐작하며 그들의 무대 위 동선과 목소리를 따라 서로 다른 시간여행에 몸을 맡겼다. 객석은 조용했고 열연하는 배우의 땀 냄새가 객석 중앙에까지 와 닿았다. 다소 수위가 높은 장면에서도 나는 헛기침 한 번 내지 않고 그들에 대해 무척이나 너그럽고 여유로운 척했다. 하지만 배우들의 스킨십이 격렬해지는 부분에서는 평소 동성애자들에 대한 이해가 비교적 넓어졌다고 자부했음에도 불구하고 왠지 모를 혐오감에 몸이 떨렸다. 순간 그들의 외로움과 고독 앞에서 잠시 관대한 척했던 내가 가소로워졌다. 정상과 비정상의 잣대를 놓고 둘 사이에서 비틀거리고 있는 내 처지가 바늘방석에 앉아 있는 듯 몹시 불편했다. 나는 그들 앞에서 여전히 정상인이었고 그들은 어디까지나 '특별한 소수'였다. 정상과 비정상의 경계는 어디쯤에서 구분되어야 할까. 나는 왜 매번 가장 근원적인 것에 이르면 흔들리고 주저하는가. 갑자기 두통이 몰려왔다.

숨을 죽이고 두통약 한 알을 침을 모아 삼켰다. 누가 저들을 제어할 수 있을까. 조물주라고 그들을 막을 수 있을까. 정말 신이 있다면 이 일이야말로 신이 만든 오류가 아닐까. 누구나 자신이 원하는 삶을 부여받고 태어나지는 않는다. 주어진 대로 살아갈 따름이다. 아직 〈브로크백 마운틴〉의 여운이 남아서일까, 나는 어느 새 배우들의 표정과 대사에 몰입되고 그들의 애달픈 이야기 속으로 끌려 들어갔다.

차이코프스키의 음악 〈Nocturne In C # Minor〉이 무대 중앙으로 묵직하게 흘러나왔다. 나는 첼로의 깊고 무거운 저음 속으로 이내 빨려 들어갔다. 아리아 〈그대 음성에 내 마음은 열리고〉는 아내를 둔 필립의 말 못할 흔들림으로 다가왔다. 올리버와 필립의 갈등 사이에 흐르는 음악들은 그들의 심리를 잘 묘사해주고 있었다.

필립과 올리버는 동성애자를 혐오하는 1958년 사회 분위기 속에서 결코 자유롭지 못했다. 하지만 2015년의 그들은 사뭇 경쾌하다. 유쾌하고 발랄하며 생기가 넘친다. 그들은 동성애자 페스티벌에 초대된다. 그곳에서 애정을 과시하고 있는 95세의 동성 연인을 발견한다. 그 연인들을 보면서 자신들이 1958년에서 2015년으로 걸어온 것 같은 착각에 빠진다. 마치 미래의 자신들의 모습이 그러하리라 믿고 싶은 것이다.

인간의 역사가 쓰인 이래, 동성애자들은 엄청난 죄를 지은 사람들처럼 음지에서 숨어 살았다. 동성애의 기록은 고대부터 존재했고, 사람뿐 아니라 많은 종의 동물들에서도 발견되기도 한다. 고대 그리스에서는 성인과 소년 간의 동성애가 일반적이었지만 로마제국이 멸망하면서는 타락으로 간주해 동성애가 금지되기도 했다. 르네상스 시대 대부분의 유럽국가에서는 동성애자를 사형에 처하기도 했는데, 19세기에는 이를 정신질환으로 취급해 독일의 정치 정당인 나치Nazis가 박해대상으로 삼아 강간 및 생체실험, 생매장 등의 탄압을 가하기도 했다.

1957년에 '성인 사이에 합의한 동성 간 성행위는 더 이상 범죄 행위로 취급 받아서는 안 된다'고 주장한 울펜덴 보고서Wolfenden Repoet가 출간되었다. 동성애자들을 처벌하거나 기소하는 대상에서 제외시키는 데 이 주장이 가장 큰 기여를 했다지만 그들의 권리가 법적으로 인정된 것은 그로부터 10년도 더 지난 후였다. 2015년 6월 23일은 미국의 동성결혼 합헌이 결정된 날이다. 그로써 미국은 동성결혼을 허용한 21번째 국가가 되었다.

〈브로크백 마운틴〉과 〈프라이드〉는 동성애에 대해 우리가 알고 있는 것의 일부를 보여준 것뿐이다. 아직도 우리 사회에서는 여전히 소수의 아웃사이더인 그들.

얼마 전까지만 해도 이혼을 하면 그 누구에게도 자신의 처지를 밝히지 못하는 사람들이 많았다. 그러나 지금은 스스로 이혼을 스스럼없이 밝힐 수 있을 정도로 사회적 분위기는 비교적 관대해졌다. 어쩌면 지금까지 그들을 소외시킨 것은 사회가 아니었는지도 모른다. 관습 때문에 본인 스스로가 쉽사리 드러내지 못한 것은 아닐까. 동성애자의 실상도 크게 다르지 않을 것이다. 내가 동성애자의 성 정체성을 인정하려는 것이 그들의 성행위에서 오는 여러 부작용과 폐해까지 받아들이겠다는 것은 아니다.

이런 나의 생각도 언젠가는 변할 것이다. 변화는 불편부당한 사회의 편견에서 벗어나려는 수많은 사람들의 개방적인 사고가 이루어낸 것이라고 봤을 때 전혀 불가능한 것도 아니다. '인간은 누구나 평등하다'고 한다. 평등한 인간이 만든 법 앞에서 어떤 사람이든 평등해야 한다는 진실의 행렬에 나도 한 걸음 발을 들여놓고 싶어졌다.

책상 위에 놓인 안셀 아담스의 사진을 다시 내려다본다. 사진 속 두 주인공이 서 있는 풍경 안에 〈브로크백 마운틴〉의 책과 에니스가 나란히 있다. 비눗방울처럼 허망한 욕망의 끝, 그 떨림의 눈빛을 나는 오랫동안 놓치고 싶지 않았다. 예리한 바늘 끝에 찔린 듯, 섬광처럼 지나가는 그 짧은 순간의 고통이 왠지 싫지 않았다.

멋진 놈, 굿바이

언제 들어온 것일까.

거미 한 마리가 운전석 바로 앞 핸들 너머를 유유히 거닐고 있었다. 자동차 색과 흡사해 움직임이 없었다면 무심코 지나칠 뻔했다. 몸의 크기는 콩알만한 녀석이 어슬렁거릴 때면 여간 거슬리는 게 아니었다. 제법 살이 올랐다. 볼록한 배를 두른 여덟 개의 다리는 쉴 새 없이 꼼지락거렸다. 운전을 멈추고 녀석의 동선을 살폈다. 나의 시선은 아랑곳없이 잰걸음으로 앞쪽 통유리를 향해 직진 중이었다.

그날부터 나는 거미와 함께 산다. 독충일 거라는 생각에 미치면 금방이라도 죽이거나 도망치고 싶지만 녀석은 나를 무시하는 건지 경계심이 전혀 없어 보인다. 처음 마주쳤을 때처럼 제 갈 길을 향해 바삐 움직일 뿐이었다. 내가 잠시 다른 생각을 하는 사이 거미는 앞 유리 틈바구니로 사라졌다.

꽃시장에서 자재나 화분 사이에 끼어 들어왔을 가능성이 높다. 놈의 몸은 날이 갈수록 날렵해져서 생각지도 않은 곳에서 얼굴을 내밀곤 한다. 놀랍긴 하지만 거미를 밖으로 내보내야겠다는 생각은 하지 못했다. 거미를 죽이면 재수가 없으니 되도록 거미 몸이 상하지 않게 밖으로 내버리라던 동생의 말이 생각났다. 그는 방에 거미가 들어오면 쓰레받기로 떠서 밖에 내놓는다고 했다. 밖에 거미줄이 늘어져 있어도 살충제를 뿌린다거나 그것을 떼내어 죽이지 않고 빗자루로 걷어내 바닥에 툭툭 털어낸단다. 그렇게 하면 거미는 다른 곳으로 줄행랑을 치게 되어 있다나. 그런데 차 안의 거미는 나의 움직임이 포착되면 행동이 더욱 빨라져서 어떤 식으로든 쉽게 잡힐 것 같지 않았다.

한 달쯤이나 지났을까, 거미를 향한 경계심이 어느 정도 풀렸다. 무섭다거나 징그럽다는 생각이 들지 않고 오히려 놈이 보이지 않으면 어디에 숨어 있는지, 무엇을 하는지 궁금해졌다. 어디선가 생각지도 않게 모습을 내보이면 반가움에 절로 웃음이 나왔다. 무엇을 먹고 사는지, 뜨거운 한낮에 문이 닫힌 자동차 안에서 어찌 견디는지 도리어 걱정까지 되었다.

한때 렌즈 만드는 기술자였던 스피노자는 안경알을 다듬다 무료해지면 두 마리의 거미를 잡아놓고 싸움을 시켰다 한다. 어느 놈이 이기는지 지켜보며 킬킬, 웃어젖혔을 그를 상상해본다. 창밖에서 스피노자의 모습을 지켜보는 이가 있었다면 아마도 제정신을 놓아버린 사람쯤으로 여겼으리라. 싸움시킬 상대 거미를 대동하지는 않았지만 나도 놈을 한동안 노려보며 그의 동선을 따라갔다. 거미는 여전히 나를 무시한 채 자신만의 방식대로 쉴 새 없이 움직였다. 한 공간에 오래 있었으니 무료할 만도 하건만 처해진 공간 안에서 움직임을 멈추지 않았다.

가만 보니 나도 거미와 별반 다를 바 없다는 생각이 든다. 거미처럼 종일 분주한 나를 본다. 나는 양주시 일대를 자동차로 훑고 다닌다. 배달을 할 때도 있고 화원을 알리기 위해 고객을 찾아다니기도 한다. 때론 계절에 맞춰 나온 꽃을 거래처에 선물하는가 하면, 고객 관리를 위해 특별한 일 없이도 차 한 잔 마시러 방문하기도 한다. 어쩌다 일감이 생기면 그 자리에서 온종일 집중하기도 하고 그나마 주문이 없으면 비좁은 화원 안에서 꽃을 다듬거나 분갈이를 하거나 물품을 정리한다.

이제는 장사가 좀 안 되도 남의 시선에 신경쓰지 않는다. 내가 누구를 만나고 어떤 놀이를 즐기며 무엇을 먹는지 남에게 보일 필요도 없다. 얼마를 받고 어떤 꽃을 팔며 이윤을 얼마나 남기는지도 중요하지 않다. 내 일이어서 하는 것이고 내가 할 수 있는 일이니 묵묵히, 때론 분주하게 움직일 따름이다. 내가 남을 의식하지 않는 것처럼 남들도 나를 유심히 바라보지 않기 때문이다. 그저 하루하루 최선을 다해 시간을 보낸다. 계획적이지도 않고 특별할 것도 없는 나의 생활이지만 나에게는 늘 최선이었다고 말할 수 있다. 이제야 어떻게 살아야 하는지를 어렴풋이나마 알 것도 같다.

주문 전화를 받았다. 바구니 모양의 화기에 심긴 산세베리아를 자동차 조수석 바닥에 실었다. 가을이라고는 하나 아직도 낮에는 뜨겁다. 시동을 켜고 에어컨 버튼을 누른다. 라디오도 켠다. 라디오에서 흐르는 음악을 따라 핸들을 잡은 손가락이 리듬을 탄다. 출발하고 얼마 안 있어 CD플레이어 안에서 거미가 기어나왔다. 놈은 여전히 통통하다. 도대체 먹을 것이라곤 눈 씻고 찾아봐도 없는 차 안에서 무얼 먹고 지내는지.

나는 갓길에 차를 세웠다. 추석 연휴 동안 생각에서조차 멀어졌던 거미를 사진기에 담아두고 싶어서였다. 렌즈 속 거미는 어느 새 이 공간에 적응이 된 듯 느긋해 보였다. 하지만 셔터를 누르려 할 때마다 좀처럼 기회를 주지 않았다. 거미는 앞좌석 중앙의 에어컨 바람이 나오는 부분에서 새가 날듯이 껑충 뛰어 건너편으로 이동했다. 다시 조수석 끄트머리 쪽으로 방향을 잡는가 싶더니 캐비닛 쪽 끝에 닿은 산세베리아 화분으로 날아올랐다. 그때 나는 화분 손잡이 중앙에 당당히 서 있는 검劍을 찬 용맹스런 거미를 보았다.

그는 '어린왕자'의 모습 그대로 오른손은 허리에 얹고 왼손에 칼을 든 채로 그의 친구인 여우에게 하듯 나를 건너다보았다. 몇 분인가를 그 자리에서 도통 움직이지 않았다. 멋진 모습을 위해 포즈를 취한 것처럼 보였다. 내가 셔터를 누르기 위해 사진기를 화분 가까이로 가져갔을 때 거미는 산세베리아의 긴 잎에서 미끄럼 타듯 화분 안으로 사라져버렸다. 나는 산세베리아 잎을 뒤적이며 구석구석을 살폈다. 그런데 거미는 보이지 않았다.

화분을 건네고 나오면서 왠지 마음이 허전했다. 그를 그대로 떠나보낸 것이 못내 아쉬웠다. 하지만 어쩌면 잘 된 일인지도 모른다. 내가 부르지 않았는데 그가 왔고 보내려하지 않았지만 그가 순식간에 훌쩍 떠난 것이다. 그것이 그놈의 인사법이었나 보다. 화분에 실려 왔든, 다른 경로로 왔든 간에 한 달여 이곳에 둥지를 틀었던 녀석. 차 안에 머물든 밖으로 나가든 그것도 그의 몫이었다.

거미는 이제 자신의 거처를 옮겼다. 그가 떠남으로써 나의 일상이 지루해진 것은 아니지만 혹여 조금 허전해진다 하더라도 다시 다른 거미를 들인다거나 하지는 않을 것이다. 우연히 시작된 우리의 동거. 연이 다한 시점까지 우리는 비슷한 환경에서 자신의 일에 최선을 다했던 것이다. 가끔은 생각이 날 것 같다. 생텍쥐페리의 어린왕자 같은 포즈로 자신의 존재를 한껏 드러내고 사라진 멋진 그 놈.

서점 가는 날

연일 폭염이 계속되니 화원도 한가하다. 모처럼 시간이 주어져 한동안 찾지 못했던 서점으로 향한다. 좋아하는 사람을 만나러 가는 것처럼 마음이 설렌다. 오늘은 또 어떤 작가가 나를 기다리고 있을까.

서점은 집에서 가까운 백화점 지하에 있다. 책을 살 때 나는 인터넷 서점을 이용하기보다 규모가 좀 작더라도 서점을 이용한다. 책 제목과 저자 소개, 차례 등을 훑어보고 한 장 한 장 책장을 넘기면서 종이의 냄새며 촉감을 느껴보는 것을 즐긴다. 몇 시간을 서거나 앉아 책을 탐색해도 지루하지가 않다. 내 키보다 높은 책장에 꽂힌 책들을 머리 위부터 무릎 아래까지 훑어보다가 읽어야 할 책이 발견되면 갑자기 호흡이 빨라진다. 아주 가끔 충동구매를 하게 되는 경우도 있지만 대개는 그날 목적에 맞는 책을 신중하게 고르는 편이다.

내가 사는 책들은 장르가 다양하다. 신문이나 인터넷의 신간 정보를 보고 필요한 책 제목을 메모해두기도 하지만 여러 코너를 들르다보면 읽고 싶은 책이 튀어나오게 마련이다. 나를 놀래키는 그 의외의 충격이 또한 나를 설레게 한다.

한여름 휴가철이라 그런지 서점 안은 무척 한가롭다. 직원들이 분주하게 책을 정리하고 있다. '베스트셀러 코너'로 가 최근 맨부커 인터내셔널상을 수상한 한강의 신간『흰』을 집어든다. 호기심의 작동이다. 시적 문체로 그 문장이 독특하다는 얘기를 들었다.『채식주의자』이후 그의 작품 경향이 어떻게 달라졌는지 궁금하기도 했던 차였다. 또한 신작『흰』은 작가가 무엇을 이야기하고 싶어 쓴 작품일지 살펴보고 싶었다.

습관처럼 제목과 표지 디자인을 먼저 보고 차례와 작가의 말을 읽어 내려간다. 그는 '흰' 하면 떠오르는 하얀 것들에 대해 나열하고 있었다. 가령, 이런 것들이다.

> 강보, 배내옷, 소금, 눈, 얼음, 달, 쌀, 파도, 백목련, 흰 새, 하얗게 웃다, 백지, 흰 개, 백발, 수의 등 …….

한 단어씩 적어갈 때마다 그의 마음이 흔들렸다고 했는데, 그 단어들을 읽으면서 내 마음도 따라 흔들리고 있음을 느낀다. '흰 색'이 주는 무한한 신비감 때문이었으리라. 하지만 나는 그대로 책을 덮었다. 한강의 초기 소설을 찾아 읽어본 후에 다시 찾을 참이다.

베스트셀러 코너에서 몸을 돌리자, 신영복의『감옥으로부터의 사색』과 무라카미 하루키의 자전적 에세이『직업으로서의 소설가』가 눈에 들어온다. 하루키의 작품은 내게는 좀 식상하다. 몇 년 전에도 산처럼 쌓인 책더미 속에서 그의 책을 한 권 샀지만 여직 책장조차 넘겨보지 않고 있다. 이번에도 별 아쉬움 없이 그냥 지나친다. 그러다가, 윤동주 시인의 얼굴과 마주쳤다. 윤동주의 시집 서너 가지를 눈여겨 살펴보았다. 몇 해 전 그에 관한 글을 쓰고자 평전 등을 읽고 여러 자료를 모았던 기억이 난다.「그의 '부끄러움'과 만나다」라는 제목의 수필을 쓰는 내내 진지했고, 그(동주)로부터 되도록 멀어지지 않으려 애썼던 일이 떠오른다.『하늘과 바람과 별과 시』의 표지에 놓인 그의 사진을 들여다본다. 그의 모습은 어느 책에서나 진지하다.「서시」와「육첩방은 남의 나라」는 내 늑골 어느 부분을 지그시 눌러 아프게 한다.

다음은 '해외여행 코너'이다. 이 코너야말로 맘껏 상상의 나래를 펼칠 수 있는 공간이다. 가보지 않은 곳에 대한 동경과 환상. 상상과 기대로 책장을 펼치는 것만으로도 대리만족을 하게 한다. 세계 전도를 펼쳐놓고 '땅 따먹기'를 하듯 다음에 여행의 기회가 주어진다면 어느 곳을 가야 할지 낙점을 찍어두는 것도 나를 살짝 설레게 한다.

몸을 조금 돌리자 대각선 방향 진열대에 이윤기 선생의 책이 여러 권 놓여 있다. 뜻밖에 스승을 만난 듯 반갑다. 이윤기 선생은 나의 20대를 가장 풍요롭게 해주었던 소설가이며 번역가이다. 신화연구가이기도 한 그는 우리 시대를 대표하는 지성인으로 나를 책에 집중하게 했던 유일한 사람이기도 하다. 『뮈토스』를 비롯하여 『그리스인 조르바』 『그리스 로마신화』 『변신 이야기』 『신화의 힘』 등을 번역하였다. 그가 쓴 소설책, 산문집과 번역서에 이르기까지, 신간이 나오기를 기다렸다가 서점으로 달려가 사서 읽었던 기억이 아직도 생생하다. 언젠가 한 번쯤은 꼭 만나고 싶었던 작가. 하지만 나는 그를 만날 수 있는 방법을 몰랐다. 2010년 8월 어느 날, 신문을 통해 그의 부고를 보고 한참을 멍하니 앉아 있었다. 타인의 죽음에 눈물을 흘린 것은 그때가 처음이었던 것 같다. 생전에 만나지 못한 아쉬움이 너무나도 컸다. 내가 조금 더 빨리 문학을 접했더라면 멀리서나마 선생을 뵐 수 있었을지도 모른다. 어느 행사장에서 손을 맞잡고 인사를 나누는 것까지는 아니더라도 목례 정도는 할 수 있지 않았을까.

그가 번역한 소설 『장미의 이름』 앞에 선다. 책은 이미 나의 집 책장에도 꽂혀 있다. 책을 꺼내 쓰다듬다가 이미 알고 있는 작가 프로필을 다시 읽어본다. 곧 그의 기일이다. 손을 뻗어 유고집 『위대한 침묵』을 집어든다. 마치 유품을 전해받는 양 손끝이 조심스러워진다. 책을 가슴에 안아본다. 그 분의 체온이 느껴지는 듯했다.

마침내 나는 나쓰메 소세키의 『나는 고양이로소이다』를 비롯한 일곱 권의 책을 계산대로 가져간다. 나는 사온 책을 금세 읽지 않는다. 그리고 한 권을 통독하는 것이 아니라 여러 권을 번갈아 읽는다. 주방과 거실, 화장실과 침상, 책상 등에 책을 놓아둔다. 그곳에는 언제나 읽다만 책과 읽어야 할 책이 열댓 권쯤 놓여 있다. 당장 읽지 않더라도 손이나 눈길이 닿는 곳에서 책과 눈인사를 나누며 천천히 사귄 뒤 손 안으로 모셔온다. 손에서 내려놓을 수 없는 책은 책상으로 가져가 오랫동안 탐닉한다. 행복한 동거다. 오늘 구입한 책들 또한 나의 생활반경 안에, 내 손과 눈길이 머무는 곳에 한동안 놓여 있을 것이다. 이 책들을 바라보며 나는 몇 날 며칠 배부른 부자가 될 것이다.

루쉰과 장자, 베케트와 카뮈가 내가 들고 가는 종이백 안에서 숨을 쉬고 있다. 얼마 전 출간된 이순원 선생의 장편소설『삿포로의 여인』도 이윤기 선생과 함께 발걸음을 재촉한다. 어떤 책부터 읽을까? 서점으로부터의 출발이 한껏 지루했던 나의 여름을 흔들어 깨운다. 바람구두를 신은 것처럼 내 온몸에 바람이 실린다.

죽여주는 여자

너무 일찍 들어왔을까. 상영관은 불이 꺼져 있다. 몇 군데 비상구를 알리는 등과 좌석을 가리키는 불빛에 의지해 예약된 자리를 찾아간다. 정적을 깰 용기가 없어 발걸음이 조심스러워진다. 준비해온 커피를 거치대에 올려놓고 의자 등받이 깊숙이 몸을 묻는다. 컴컴한 주변을 한 바퀴 둘러본 후 불 꺼진 화면을 바라본다. 소문만 듣고 예매한 영화. 책이 그렇듯, 영화도 개인의 취향이 분명한 장르여서 기대 반, 호기심 반이다. 그들은 내게 추천할 만한 영화라고 했을 뿐, 줄거리와 결말을 말해주려 하지 않았다. 나 또한 어떤 영화인지 미리 검색하지 않았다.

얼마의 시간이 흘렀을까. 한 노인이 지팡이를 짚고 자신의 자리를 더듬거리며 찾는다. 그것이 입장의 신호라도 되는 양 한 사람씩 두 사람씩 사람들이 들어온다. 그들은 대부분 노인들이다. 젊은이의 부축을 받으며 느리게 걷는 이가 있는가 하면 나처럼 혼자인 사람들도 눈에 띈다.

지금부터 볼 영화는 〈죽여주는 여자〉로 중견배우 윤여정이 주연을 맡았고 이재용 감독이 직접 각본을 썼다고 한다.

종로 파고다공원 일대에서 일명 '박카스 아줌마'로 불리는 소영(윤여정)은 노인들 사이에서 '죽여주게 잘 하는 여자'로 입소문이 나 있다. 어느 날 자신의 단골 고객이었던 재우(전무송)를 만나고, 그와 친했던 송 노인과 재회하면서 진짜 '죽여주는 일'을 시작하게 된다.

넉넉한 연금을 받는 덕분인지 늘 깔끔한 양복을 입고 다녔던 송 노인은 소영에게 따뜻한 고객이었고 배려심이 많은 노인이었다. 성공하여 외국에 살고 있는 그의 자식은 뇌졸중으로 쓰러진 아버지를 요양원에 맡기고는 1년에 한두 차례 다녀갈 뿐이다. 송 노인은 매 끼 식사는 물론 대소변조차 혼자서는 불가능하다. 자신의 의지대로 아무 것도 할 수 없어 모든 것을 간병인에게 맡긴 채 목숨만 연명하고 있다. "더 이상 이렇게 살기 싫다"며 눈물을 흘리는 송 노인의 '자신을 죽여달라'는 부탁을 소영은 뿌리치지 못한다. 그 일을 계기로 사는 게 괴롭고 힘든 노인들의 부탁이 이어지고 소영은 깊은 혼란에 빠지지만 차마 그들의 간절한 부탁을 거절하지는 못한다.

어느 날 소영은 재우로부터 데이트 신청을 받는다. 그는 근사한 레스토랑에서 소영에게 저녁을 대접하며 하룻밤 함께 있어주기를 부탁한다. 두 사람은 서울의 특급 호텔로 향하고 그곳에서 소영은 또다시 재우로부터 뜻밖의 제안을 받는다. 그는 마지막 가는 길에 자기 곁에 있어만 달라고 부탁한다. 재우는 준비해온 한 주먹의 약 중 그 한 알을 소영에게 건넨 후 나머지를 맥주와 함께 한입에 털어 넣는다. 다음 날 아침, 정장차림으로 침대에 반듯하게 누워 영면에 든 재우를 남겨둔 채, 소영은 호텔을 빠져나와 조계사 대웅전 불전 앞에 선다. 재우가 그녀의 가방에 넣어둔 봉투에는 자신을 위해 '좋은 일'을 해준 소영에게 고맙다는 편지와 함께 그가 끼었던 반지와 거액의 현찰이 담겨 있다. 소영은 그 중 지폐 몇 장을 꺼내 주머니에 넣고는 나머지는 모두 불전함에 넣는다. 얼마 후 소영은 살인범으로 구속되고 교도소 안에서 무연고의 삶을 마감한다. 자신의 행위에 대해 충분히 변명할 수도 있었고 가족처럼 한 지붕에 살았던 이들에게라도 상황 설명이 가능했지만 소영은 침묵한 채 스스로 영어囹圄의 몸이 된다. 왜 그곳을 택해 생을 마감해야만 했을까. 그녀의 마지막이고도 유일한 선택이었을지 모른다.

영화가 끝나고 자막이 흐른다. 상영관의 절반도 채우지 못한 관객들이 모두 빠져나갔지만 나는 움직일 수가 없다. 영화의 후반부에 한 트랜스젠더가 불렀던 노래 〈Quizas, Quizas, Quizas〉가 나의 온몸을 휘감고 돈다. 소영이 중얼거리듯 질겅였던 말들이 가슴을 후빈다.

'나 같은 늙은 여자가 벌어먹고 살 수 있는 게 많은 줄 알아?'

한때 동두천 기지촌에서 미군을 상대로 성매매를 하며 돈을 모았던 소영은 동거했던 흑인 병사의 아이를 낳았지만 남자에게 버림을 받았고, 그 아이가 돌도 되기 전에 미국으로 입양 보냈다. 평생 참회하며 살아도 그녀의 가슴을 짓누르는 돌덩이는 끝내 내려놓을 수 없었다. 자신이 성매매를 하는 것은 '먹고 사는 일이니 부끄럽지 않다'고 말하던 소영의 표정에서 길바닥에 나뒹구는 낙엽 같다는 생각을 지울 수 없었다. 들판에 누워 몸은 남자에게 맡긴 채, 하늘을 향한 그녀의 맑고 무심한 눈빛은 쉽게 잊히지 않을 것 같다.

나는 이 영화를 노인들이 봐서는 안 되는 영화로, 또한 가을에 보지 말아야 할 영화로 구분지었다. 왜 인생의 결말은 해피엔딩이 되지 못하는 것일까.

요즘은 이러저런 이유로 '1인 가구'가 늘어나고 있다. 노인의 경우 1인 가구는 독립된 가구라기보다 '독거노인'이나 '혼자 사는 노인'이라는 표현이 알맞다. '독거노인'이라는 말에는 외로움, 궁핍, 방기, 질병 등 이런 아픔이 묻어 나오게 마련이다.

노인의 고독은 핵가족화에서 비롯된다. 대화할 가족이 더 이상 곁에 없다. 텔레비전에서 나오는 목소리가 유일한 사람의 소리다. 부부가 함께 살다가 어느 한 편이 먼저 죽게 되면 남아 있는 사람의 스트레스는 극에 달한다고 한다. 어머니는 아버지가 돌아가시고 1년 남짓 하여 저세상으로 따라가셨다. 눈에 띄지 않게 서서히 곡기를 물리신 것이다. '충분히 많이 살았노라'는 어머니의 말씀은, 그러니까 '아버지가 돌아가실 때까지'를 한정한 것이었다. 자신의 의지대로 생을 마감한 단호한 어머니, 어쩌면 그 결정은 당신보다도 우리를 더 배려한 것이 아니었을까. 우리 8남매를 위해 뙤약볕 갯벌에서 조개를 줍던 어머니의 모습이 오늘 따라 많이도 그립다.

●

영화는 노인의 성과 죽음을 다루었다. 생명의 마지막 불씨, 누구나 공감하나 함부로 입에 담을 수 없는 성에 관한 이야기, 그리고 인간의 죽음에 대해 숙고하게 만든다. 어둡고 고단한 인생을 따뜻하게 풀어낸 감독의 통찰력에 감동하면서도 한편으론 복잡 미묘한 감정으로 마음이 편치 않아진다. 1인 가구인 내 상황이 20년 뒤 이들과 다를 수 있을까. 아무도 찾아와주지 않는 골방, 우두커니 앉아 창밖만 바라보는 노년의 내 모습이 언뜻 스친다. 필통과 나란히 앉은 약병이 창을 통해 들어오는 달빛을 끌어안는다.

창 너머로 멀리 등 높은 산이 보이고 나는 약병과 산을 아마도 번갈아 보게 되겠지. 내 삶의 끝자락은 어떤 모습일까. 시간 밖으로 달려가게 된다.

상영관에 가장 먼저 입장했던 나는 결국 가장 나중에 퇴장하여 안내원을 오랫동안 기다리게 하고야 말았다.

소주 반 병과

술을 마시고 싶다. 일단은 한 잔이라도 좋다. 하지만 한 잔은 다른 한 잔을 부를 것이고, 그렇게 거푸 마시다 보면 어느 순간 깊이 취하게 될 것이다. 나는 지금 꼭 그러고 싶다.

술의 힘을 빌려 순간을 모면하려는 것은 어쩌면 비겁한 짓일지도 모르겠지만 맨정신으로는 더 이상 숨을 쉴 수 없을 것만 같다. 바깥에서 들려오는 왁자한 소음들이 불규칙한 곤충의 날개짓 소리처럼 자꾸만 귀에 거슬린다. 젖은 낙엽처럼 달라붙어서 좀처럼 떨어질 기미가 없다. 철 지난 이야기들이 바위덩이처럼 나의 가슴을 짓누른다. 모두 벗어버리고 싶다.

한 잔 술의 위력은 어떤 것일까. 소주 한 병을 따서 소주잔에 채운다. 슬며시 겁이 난다. 과연 내가 이 술을 목구멍으로 넘길 수 있을까. 마신

후 그 뒤를 감당할 수는 있으려나. 마치 숭고한 예식을 치르듯 술잔을 한참 동안 응시한다. 팔부쯤 채워진 맑고 투명한 액체, 이윽고 나는 그것을 입술에 갖다댄다. 알코올 냄새가 코끝을 지나 머리까지 치밀어오른다.

처음에는 한 잔을 세 번쯤으로 나눠 마셔볼까 했다. 하지만 평소 멋있게 보였던, 손목을 꺾어 단번에 입안으로 털어넣는 소주의 맛을 느껴보고 싶다. 스스로에게 주문을 외워본다. 코를 막은 후 그대로 털어버릴 것. 어쩌면 나는 마약의 힘을 빌렸던 '해시시클럽'의 예술가들처럼 술의 기운을 빌려 억압된 내 안의 것들과 정면으로 부딪쳐보고 싶었던 것인지도 모르겠다.

드디어, 한 잔, 꿀꺽.

미간을 찌푸리며 숨을 입 밖으로 내몰아본다.

"캬~!"

나도 모르게 외마디 소리가 터져 나온다. 혀끝 지나 목에서 가슴으로 흐르는 찌르르한 독기. 명치끝이 아려온다. 기억을 더듬어보니 점심은 물론 저녁도 거른 채였다. 밥 생각이 없어서이기도 했지만 기왕이면 빈속에 첫 잔의 기운을 경험해보고 싶기도 했다.

잔을 내려놓기도 전에 머릿속이 핑그르르 돌며 피가 역류하는 듯하다. 거울 속을 들여다본다. 잘 익은 사과 두 알이 보인다. 광대뼈 위로 모세혈관이 선명하게 드러나 있다. 적나라한 나의 결점. 그것 때문에 언제나 분장에 가까운 화장을 해야만 했다. 고개를 한 번 흔든 다음 샐

쭉 웃어보다가 두 번째 잔을 채운다. 약간의 경련이 일면서 방바닥에 한 방울 술이 떨어진다. 그 휘발성 방향이 코끝을 찌른다. 나는 주저하지 않고 두 번째의 잔을 순식간에 털어넣는다. 망설임 없이 꿀꺽 삼킨 후 침을 모아 목구멍으로 굴려 넘긴다. 다시 한 번 침을 모아 넘기고는 줄어든 술병의 눈금을 바라본다. '꿀꺽' 하고 넘기면 그만인 것을. 실실 웃음이 나온다. 별것도 아닌 것에 겁을 내었다.

문득 프랑스 시인 보들레르의 인기척을 느낀다. 그가 스스로 온 것인지 내가 그를 부른 것인지는 모르겠으나 오늘만큼은 그의 방문이 부담스럽지 않다. 자신의 몸을 예술의 도구로 기꺼이 소모했던 그는 해시시로 몸을 망가뜨려가며 「인공낙원」을 썼는데, 문학사상 환각의 실체를 가장 잘 묘사한 작품이라는 평가를 받았다. 퀭한 눈, 두드러진 광대뼈, 어떤 유혹에도 넘어가지 않을 듯 앙다문 입술, 세상을 꿰뚫어볼 것만 같은 강한 눈빛으로 나를 응시하는 그를 도무지 뿌리칠 수가 없다. 나에게 어떤 말을 하기 위해 그가 찾아온 것일까.

'삶의 조건을 받아들이지 않는 인간은 누구나 자기의 영혼을 판다'고 했던 그의 말이 머릿속을 강하게 스치고 지나간다. 나는 그를 위해 빈 술잔을 높이 든다. 그리고 세 번째 잔을 채운다. 그는 삶을 받아들일 수 없어, 그리고 예술을 위해 해시시에 영혼을 팔았지만, 나는 삶의 조건을 받아들이기 위해 소주에 내 영혼을 팔아보기로 한다. 가슴이 쿵쾅거리고 온몸이 화로처럼 달아오른다. 멀리서 말발굽소리가 들려온다. 북소리도 함께 따라온다. 둥둥둥. 나는 거침없이 돌진하는 전사다. 무작정 앞으로 나아간다. 갑갑한 현실로부터의 도피, 앞을 가로막는 장애물 따위는 우지끈 밟고 지나갈 자신감이 치솟는다. 지금이라면 어떤 일도 거뜬하게 해낼 수 있을 것만 같다. 숨이 턱까지 차오른다. 칼을 휘두르기 전, 나는 온 힘을 손에 모으고 들고 있던 세 번째 잔을 목구멍으로 쏟아넣는다.

"인생! 한 줌도 안 되는 그것!"

울퉁불퉁한 오솔길보다는 확 트인 아스팔트 길을 걸으라던 부모님의 당부. 해가 떨어지면 반드시 집안에 들어와 있어야 한다는 가족 간의 무언의 약속. 상스러운 말을 삼가고 반듯하게 행동하며, 끼니 때가 되면 남의 집 대문 앞을 기웃거리지 말라는 가르침 등이 지금껏 나를 압박해 왔다. 어째서 남자친구와 어울리면 안 되는 것이며, 다른 아이들처럼 하룻밤쯤 친구 집에서 자고 오면 큰일나는 일이었는지. 짧은 치마나 달라붙는 바지를 입으면 하늘이 두 쪽 난다고 큰소리치셨던 어머니, 아, 어머니……. 치마 길이가 짧아도 바지가 몸에 달라붙어도 내게 눈길 주는 이는 아무도 없다는 걸 그분만 모르셨다. 반듯한 몸가짐이 인생의 정답이 아니란 것을 두 분은 몰랐던 것이다.

한 잔을 더 따른다. 넉 잔째. 술이 술을 부른다더니 그 짝이다. 같잖다는 듯 나는 그 잔을 내려다본다. 그리고 씩씩하게 잔을 든다. 아무나 위해 건배! 잔이 잠시 출렁거린다. 서둘러 들이켠다. 하지만 다 비우지는 못한다. 술이 더는 목구멍을 타고 넘어가질 않는다. 금방 토악질이나 화장실로 직행하고 만다. 변기 뚜껑을 올리고 힘들게 마신 소주를 게워낸다. 한참을 그렇게 쪼그리고 앉아 웩웩거린다.

정신이 들었을 땐 창밖이 훤했다. 양변기를 끌어안고 기절했는지, 잠이 들었는지 팔다리가 몹시 저렸다. 머리는 깨질 듯이 아프고, 술 마신 기억은 너무나 새삼스럽다. 본 사람은 없었지만 부끄러웠다. 속이 쓰려왔다. 아, 해장, 그래 해장을 해야겠다. 하지만 냉수 한 잔만 겨우 마시고 그대로 자리에 쓰러졌다. 천장이 빙글빙글 돌았다. 밤새도록 어딘가를 정신없이 쏘다닌 사람처럼 지쳐 있었다.

술이 가슴속 덩어리 하나쯤 들어내줄 것이라는 생각은 커다란 착각이었다. 그것이 무언가를 느끼게 했다거나 어떤 각오를 다지게 하지는 않았다. 다만 잠시 용기를 내는 척해 보았고, 약간의 위안이 허락되었을 뿐이다. 나는 달라지지 않았고 사고도 예전 그대로였다. 삶의 조건들도 여전히 난공불락難攻不落의 요새처럼 버티고 있었다.

반쯤 남은 소주병을 바라본다. 도대체 나는 반 병도 채 안 되는 주량으로 무엇을 작정했단 말인가. 잠 못 이루었던 어느 날 밤처럼 머릿속이 어지러웠다. 이래서 다시 술로 해장을 하는 것일까. 비로소 자신의 몸을 환각의 도구로 삼았던 보들레르의 심정을 조금은 알 듯도 했다. 나는 이 지독한 속쓰림을 무엇과 바꾼 것일까. 몸의 변화를 겪으며 그의 속쓰림과 회한을 다소라도 이해할 수 있었다는 것. 그래, 그것이었다고 해도 좋을 것 같다.

커피의 사생활

혀 전체를 휘감는 단맛, 그리고 그 위를 뒤덮는 쓴맛. 한마디로 정의할 수 없는 그 모호한 맛이 식도를 타고 몸속으로 들어갔을 때 느낀 극한 역겨움, 묵직한 메스꺼움에 곧바로 토악질이 났다. 이것이 처음 맛본 커피의 기억이다.

그때가 중학교 2학년 여름이었다. 지난 겨울 시집온 둘째 올케가 일꾼들에게 줄 냉커피를 준비했다. 냉커피가 뭔지도 모를 때이기도 하고 커피란 단어조차 생소할 때였다. 올케는 커다란 고무다라이에 봉지 안에 든 밤색 알갱이를 몇 국자 퍼넣고 프리마를 그만큼 넣었다. 그리고 설탕을 그보다 더 넣은 후 국자로 휘휘 저었다. 프리마를 넣기 전의 물은 거의 시커메서 악마의 얼굴을 떠오르게 했는데, 어떻게 일꾼들에게 설탕물도 막걸리도 아닌 희한한 것을 내려는 것인지 궁금할 뿐이었다.

나는 올케가 시키는 대로 냉동실에서 꺼낸 조각얼음을 커피를 푼 물통에 와르르 쏟아부었다. 물통 안에서 얼음과 함께 빙빙 도는 그것의 색깔은 짙은 갈색이었다. 커다란 양은주전자에 바가지로 얼음을 섞어가며 커피를 옮겨 부었다. 왠지 낯설긴 했지만 달콤하고 향긋한 향내에 이끌려 혀끝이라도 대보고 싶었다. 내 마음을 읽었던지 올케는 대접에 한 가득 커피를 따라서 내게 건넸다.

"애기씨, 이것이 냉커피라는 것인디유, 겁나게 맛나유. 이런 건 암 데서나 맛볼 수 있는 게 아녀서……."

올케는 히죽 웃었다. 나는 가만히 대접에 담긴 커피만 내려다보았다.

"어여 받어서 마셔 보유. 생전 츰 맛보는 걸 텐디. 워쩌면 기절헐지도 물류."

올케를 바라보며 나는 커피를 받아들었다.

"쭈욱, 들이켜 보유. 달달헌 것이 기분두 좋을규."

나는 한 대접 쭈욱 들이켰다. 막걸리를 마시던 폼이 그랬을까. 커피 맛은 쓴 듯 단 듯 정체를 전혀 알 수 없는 희한한 맛이었다. 올케는 여전히 나를 바라보며 웃었다.

"워튜? 먹을 만허쥬? 일꾼들두 좋아헐 거 같지 않유?"

나는 머리가 띵하다고 했다. 말이 끝나기가 무섭게 구역질이 났다. 곧 샘가로 달려가 마신 만큼 냉커피를 토해냈다. 올케는 당황하였지만 내가 콧물눈물 찍어내며 이젠 괜찮다고 하자 걱정스런 눈빛으로 몇 번인가 나를 살피다가 양손에 냉커피가 든 주전자를 들고 대문을 나섰다.

●

그날 이후로 커피 냄새가 풍기면 피해 다녔다. 냄새만 맡아도 욕지기가 나는 것이었다. 학교를 파하고 친구들과 시장통을 돌아올 때 다방에서 풍겨 나오는 냄새는 곤욕이었다. 그 길은 피하게 되었고 어디서든 다방 근처에서는 코를 반대 방향으로 돌렸다. 그러다 어설픈 성인이 되어 고향의 남자친구를 오랜만에 만나 청량리역 앞 미주상가 지하에 있는 다방에 갔다. 거기서 다시 커피를 만났다. 친구는 우유를 시키는 내게 미간까지 찌푸리며 아직도 너는 어린애냐고 창피하다는 듯 주변을 살폈다. 다음에도 그 다음에도 그는 내게 커피를 권했다. 그때마다 나는 우유를 고집했고 그는 번번이 그러는 나를 촌것으로 대했다.

"야, 커피가 얼마나 좋은 것인데 이걸 안 마시냐? 매번 우유는 또 뭐고."

친구는 거들먹거리며 제법 익숙한 움직임으로 커피 잔을 입으로 가져갔다.

"난 커피 안 먹어. 이런 걸 누가 만들었는지 몰라. 사람이 먹을 게 아닌 것 같어."

"이런 맹추야. 서울 사람들은 죄 이런 걸 마셔. 너 같은 촌것이나 우유를 먹지."

그날도 나는 꿋꿋하게 버티었다. 하지만 몇 달이 지난 후 나는 그 자리에서 커피를 마시게 되었다. 알 수 없는 일이었다. 나보다 더 촌스러운 친구에게 오기가 생긴 것인지, 그 친구를 좋아하는 마음이 조심스럽게 생겨나서인지는 모르겠지만 그날 나는 커피를 마셨다. 웬일인지 달달하고 목 넘김도 부드러우며 메스껍지도 않았고 기분이 좋았다. 후후 불면서 뜨거운 커피 한 잔을 연거푸 쉬지 않고 마셨다. 친구는 승자의 표정으로 나를 의뭉스럽게 바라보며 웃었다.

어떤 일이든 시작이 중요하다. 커피와의 만남이 처음부터 우아했다면 어땠을까? 올케는 국대접이 아닌 얌전한 커피 잔에 커피를 담아 우아하게 마시는 법을 알려줬어야 했다. 짐짓 전통 있는 가문의 부녀자가 그러하듯 커피에 맞는 품위를 함께 가르쳤어야 옳았다.

요즘 나는 커피콩을 직접 갈아서 마시는 호사를 누린다. 커피 가는 기계가 대중화되면서부터 더 이상 어려운 일이 아니다. 요즘처럼 원할 때 언제 어디서든 커피를 마실 수 있는 세상이 또 있을까. 그 동안 왜 커피를 피해 다녔는지 모를 정도로 나는 커피에 젖어 산다. 이제는 아예 설탕을 뺀 진한 블랙커피를 마신다.

위염과 위경련을 달고 살 때 의사와 약사는 내게 커피를 끊으라고 했다. 하지만 나는 약은 몰라도 커피는 중단할 수 없다고 고집을 부렸다. 의사는 불쾌한 표정을 지으며 네 맘대로 하라는 듯 느끼한 위장약을 잔뜩 얹어서 처방해주었다. 누군가 내게 애인과 커피 중 어느 쪽을 선택할 것이냐고 어리석게 묻는다면 주저 없이 대답할 수 있다.

"커피!"

책을 읽기 전 나는 주전자에 물부터 끓인다. 커피는 책을 읽을 때나 글을 쓸 때 문향文香의 마법 같은 것을 내게 걸어준다. 나는 기꺼이 거기에 함몰되어 몸 안 깊숙이 받아들인다. 내 안에 어떤 의식의 한 차원이 고양되는 듯하다. 이런 시간이 점점 더 필요해진다. 개가 독거인의 반려이듯 커피가 내겐 그런 존재이다. 이쯤, 요한 세바스찬 바흐(1685~1750년)의 〈커피 칸타타〉가 떠오른 것은 무리가 아니다.

아! 커피의 기막힌 맛이여~.
천 번의 키스보다 달콤하고
무스카토moscato 와인보다 더 부드럽지.
누가 내게 즐거움을 주려거든
커피 한 잔이면 족해요.
결혼식은 못할망정,
외출은 못할망정,
커피만은 끊을 수가 없구나!

거실에 앉아 커피와 마주한다. 손바닥에 전해지는 따스한 커피 잔의 감촉, 짙은 커피의 향내, 혼자 있어도 심심하지 않은 자유, 무엇보다도 잠깐 동안의 그 평화가 나를 그윽하게 감싸준다.

흐린 하늘

금방이라도 하늘이 툭 터질 것만 같다. 새 한 마리 날지 않고 바람 한 점 느껴지지 않는 회색빛 하늘이 잔뜩 뭔가를 품은 채 오만상을 찌푸리고 있다. 나는 창밖으로 보이는 심통난 하늘처럼 심사가 꼬여 있다. 누군가의 말이 내 의도와 상관없이 나를 힘들게 한다. 귀에 거슬리는 말을 들었다고 이처럼 몸서리를 치다니 나이를 헛먹은 것 같다.

못난 마음을 품고 허공을 바라본다. 귀에 와닿는 소리는 좋든 나쁘든 가슴에 오래 담아두지 말라고 하셨던 어머니의 목소리가 들리는 듯하다. 지나고 나면 모두 부질없는 일인데 무슨 오지랖으로 끙끙 앓느냐는 말씀일 것이다. 당장 해결하지 않으면 세상이 조각날 것 같은데 어떻게 그냥 있으라는 것인지, 나는 어머니의 그 말씀이 이해되지 않았다.

어머니가 돌아가시니 세상은 더욱 답답해졌다. 내 행동거지가 옳은

지 그른지 여쭐 대상이 계시지 않다는 것만큼 허전한 일은 없다.

'법 없이도 사실 분이 남산할머니지.' 사람들은 어머니를 그렇게 불렀다. 지금도 이웃 사람들은 갈등이 생기면 내 어머니를 그리워하며 '그 분이라면 어떻게 했을까' 하고 말씀하신다.

어머니가 계시다면 지금 내게 어떤 말씀을 하실까. 하늘이 무너질 것 같던 큰일도 시간이 지나고 나면 아무 일도 아닐 때가 많더라고, 그 시간이 빨리 지나가길 바라라고 하실까. 아니면 원인을 제공했으니 그만한 대가를 치러야 하는 것은 당연한 일 아니겠느냐고 눈물 나게 호통을 치실까. 이러저러해도 걸러질 것은 걸러지게 마련이니 자꾸 휘젓지 말고 가만히 있으라고 하실까.

구설수에 오르는 것을 좋아할 사람은 아무도 없다. 나 또한 마찬가지이다. 칭찬도 비방도 나에 관한 이야기는 되도록 하지 말았으면 한다. 나와 전혀 상관없는 이들의 입에 나의 잘된 점이나 그렇지 못한 점들이 오르내리고 평가받는다는 사실은 결코 유쾌한 일이 못된다. 인간관계만큼 어려운 것은 없다더니 지금의 내 경우가 딱 그러하다.

돌이켜보면 어머니는 무척 관대한 분이셨다. 아버지와의 관계에서도, 자식들을 대하는 모습도 어머니는 좀 남달랐다. 아버지는 사람을 잘 믿는 편이었다. 한두 차례 배신을 당하고도 그 사람이 손을 내밀면 다시 잡아주곤 했다. 한때 아버지와 나무장사를 하던 이가 있었다. 우리는 인천에 사는 그를 '향나무아저씨'라고 불렀다. 그는 향나무를 전문적으로 사고 팔았고 아버지는 목련나무를 담당했었다. 언제부턴가 어머니의 마음은 불편했다. 아무래도 아버지가 그 아저씨에게 이용을 당하고 있다는 생각이 든 것이다. 하지만 아버지는 헛기침으로 어머니의 입을 막았고 어머니는 향나무아저씨가 우리 집에 오면 여전히 정갈한 밥상을 차렸다. 몇 년 후 아버지와 아저씨는 관계를 정리했다. 우리 집 건너편 밭의 목련나무도 어느 날 커다란 트럭에 실려 나갔다. 얼마 후 아버지는 일을 놓았고 어머니는 아버지를 전과 다르지 않게 대했다.

아버지가 술에 취하면 주시곤 하던 용돈이 뜸해졌다. 중학생이 되면서 나는 어머니께 종종 학용품을 사야 한다며 거짓말을 했다. 어떤 땐 참고서를 샀고 엉뚱한 준비물 값도 필요했다. 나는 그 돈으로 친구들과 빵이나 튀김을 사 먹었다. 한 학년 아래인 동생에게 들키기 전까지는 그랬다. 어느 날인가, 어머니는 돈이 필요하면 메모지에 필요한 물품을 적어서 하루 전날 달라고 하셨다. 책가방을 들고 급하게 서두르면 해결되었던 것이 하루아침에 바뀌었다. 나는 그때 어머니가 이상하다고만 생각했다. 묻지도 따지지도 않으셨다. 나에게도 묻지도 따지지도 못하게 묘한 분위기를 만드셨다.

어머니가 가신 지도 8년째다. 아직도 어머니의 그림자는 늘 우리와 함께한다. 오늘처럼 경우를 따져야 할 때면 습관처럼 어머니를 찾게 된다.

하늘은 아직도 잔뜩 찡그린 채다. 내가 하늘이 어둡다고 불평한들 구름이 물러날 것인가. 그냥 둔다고 해도 하늘이 조각날 일도 아니다. 어쩌면 지금 나에게 닥친 상황도 그와 같지 않을까. 지나고 나면 기억에서조차 희미한 일이 될 터인데……. 어느새 나는 어머니를 만난 듯 그

불안에서 풀려난 기분이 드는 것이다. 생각을 어디에 두느냐에 따라 이리도 기분이 달라지는데 그런 걸 알면서도 순간을 견디지 못하고 이 꼴이다.

내 자신이 많이 아파하고 충분히 고민했다면 내가 할 수 있는 일은 다 한 것이 아닐까. 신이 있다면 나머지는 그 분께 맡겨보는 것도 좋은 방법이리라. '이 또한 지나가리라'는 말처럼 그저 지나가는 일일 뿐이고 지나고 나면 아무 일도 아니게 될 것인데.

나는 어머니의 말씀을 가까이에서 들었던 그때처럼 다소 편안한 마음이 되었다. 흐린 하늘을 올려다본다. 가슴을 짓누르던 일들이 조금씩 작아진다. 하늘의 바탕은 본디 푸른 허공이건만 흐리게 보이는 것은 먹구름 때문이 아니던가. 모두 내 마음의 작용 때문이라는 생각이 든다.

일기예보에서는 내일, '전국이 맑을 것'이라고 한다.

그의 '부끄러움'과 만나다

그해 4월의 바람은 의외로 따뜻했다. 새벽바람을 가르고 인천공항으로 가는 내내 나는 여느 여행 때와 다르게 상기되었다. 일본행 비행기 안에서도 드디어 그를 만날 수 있다는 한 가지 생각에 사로잡혀 있었다.

후쿠오카 항에서 바라다 보이는 바다를 '눈이 시리도록 푸르다'고 표현한 이가 있다. 나에게도 그곳은 온통 푸르러서 가슴이 먹먹해지고도 넘칠 지경이었다. 언젠가부터 나는 슬픔의 색으로 푸른 색을 떠올리곤 했다. 얼핏 보면 힘차 보이지만 볼수록 가슴이 아리고 목울대가 뻐근해 오는 색이 푸른 색이었다. 시인 윤동주를 기리는 〈윤동주, 달을 쏘다〉라는 뮤지컬의 옥중 장면에서 조명이 만들어낸 푸른 안개를 만나고부터였을 것이다.

죽는 날까지 하늘을 우러러/

한 점 부끄러움이 없기를(—「서시」 중에서)

후쿠오카 형무소가 자리했다던 건물 앞 작은 공원, 철책 울타리 앞에서 꽃다발을 가슴에 안고 선 원로 수필가의 손이 파르르 떨렸다. 문학기행을 온 회원들은 일제히 고개를 숙였다. 묵념은 그 어느 때보다 길었다. 이곳 어디쯤에 그의 발길이 스쳤기라도 한 양 나는 숨소리조차 함부로 낼 수 없었다. 식순에 맞춰 시 낭독이 이어졌다. 함께한 시인이 낭독한「별 헤는 밤」은 듣는 이들의 가슴을 촉촉하게 적셨다. 나는 맨 뒤에 서 있었다. 너무나도 초라한 제祭. 자리를 그곳으로 잡았을 뿐 어떤 것도 그의 흔적을 말해주지 않았다. '잎새에 이는 바람'이 나의 귀밑을 잠시 스치고 지나갔다. 그 곳에 그의 영혼이 아직 머물러 있기라도 한 것처럼 울타리 너머 건물을 바라보았다. 그가 밤마다 고향을 그리워하며 별을 헤던 작은 창문이 있었던 곳이리라. 춥고 컴컴한 감옥에서 그가 할 수 있었던 것은 고향을 향한 자유로운 마음의 날갯짓이 아니었을까. 그의 그리움이 향했을 하늘을 잠시 올려다보았다. '구름이 흐르고 하늘이 펼치고 파아란 바람이 불고(「자화상」)' 있었다. 어둠 속에서도 밝음을 지향했던, 푸른 젊음의 그를 만나는 순간이었다.

낭독자가 다음 시를 읽는 사이 나의 시선은 등 뒤의 한 건물에 멈췄다. 그가 창문 너머로 수없이 건너다봤을지도 모를 그곳에는 한 송이 꽃도 피어 있지 않았을 공허한 빈 벽만이 서 있었다. 나는 그의 꺼져가는 숨소리를 놓치지 않겠다는 듯 울타리 쪽으로 귀를 기울였다. 흔들리며 점점이 멀어지는 낭송인의 목소리를 타고 그가 내쉬는 마지막 숨소리가 가뭇없이 사라져가고 있었다.

내일 밤이 남은 까닭이요/

아직 나의 청춘이 다하지 않은 까닭입니다(—「별 헤는 밤」 중에서)

일제에 대한 저항으로 그는 총 대신 붓을 택한 걸까. 태평양전쟁 중이던 1942년 3월, 윤동주는 문학을 더 깊이 있게 공부하고자 일본으로 건너갔다. 그곳에서 고종사촌 송몽규를 비롯한 여러 친구들과 조선의 앞날에 대해 고민했다. 그러던 중 '재교토 조선인 학생 민족주의 그룹 사건'으로 경찰에 붙잡혔고 '치안유지법 위반'으로 송몽규와 함께 각각 2년의 형을 선고받은 후 후쿠오카 형무소로 이감되어 옥살이를 했다. 나는『윤동주 평전』(푸른역사, 2012년)을 읽으며 그들의 형무소 생활을 짐작해보았다. 거기에 뮤지컬에서 보았던 고문 장면이 겹쳐지면서 머릿속이 헝클어진 필름처럼 뒤엉켜버렸다.

잦은 혼수상태에서 어머니와 친구를 그리워하던 그는 차가운 감옥에서 스물아홉 살의 짧은 생을 마감했다. 송몽규 또한 한 달 뒤에 윤동주와 같은 사인으로 옥사했다. 의문으로 남았던 그들의 죽음은 끔찍한 생체실험이 원인이었다는 설이 지배적이다. 생체실험 내용에 대해 구체적 추리를 시도한 사람은 일본 중앙대학을 마친 후 한국의 동국대 대학원에서 한국문학을 전공한 고노 에이지鴻農映二다. 그는 수감자들에게 혈장 대용 생리식염수를 지속적으로 주사했을 가능성이 크다고 추정하여 큰 반향을 일으킨 바 있다. 윤동주의 시신을 인수하러 갔던 윤영춘 교수 또한 그곳의 죄수들을 목격한 것과 송몽규로부터 직접 들은 바를 전하면서 최초로 생체실험론을 제기한 바 있다.

우리는 동주가 타향의 하숙방 툇마루에서 즐겨 불렀다던 〈내 고향으로 날 보내주〉를 함께 노래했다. 편안히 숨 쉴 수 있는 또 다른 고향으로 보내달라고 했던 그의 소원은 혼백으로서만 가능했던 것일까. 그의 흔적을 짐작으로만 더듬으면서 우리가 부른 노래는 그곳, 이국의 허공을 맴돌았다.

한 사나이가 있습니다/ 어쩐지 그 사나이가 미워져 돌아갑니다// 돌아가다 생각하니 그 사나이가 그리워집니다 (—「자화상」 중에서)

잔인하고 참혹했던 시절, 나라를 잃은 나약한 청년은 친구들처럼 몸으로 부딪치며 싸우지 못하고 시 속에서만 울분을, 그것도 감추어서 표현해야 했던 자신이 마뜩잖았다. 그래서 늘 부끄럽다고 말한 것일까. 20대 중반의 그는 유약한 문학청년이었다. 밤마다 달빛으로 시를 쓰며 자신의 문학세계를 일궈냈지만 절필과 쓰기를 수없이 반복해야 했다. 그는 혼돈의 시대와 전쟁 속에서 무척 괴로워했던 것이다. 우리말은 물론 우리글과 이름까지 일본에 빼앗긴 그가 할 수 있는 일은 무엇이었을까.

'우물 속에는 달이 밝고 구름이 흐르고 하늘이 펼치고/ 파아란 바람이 불고 가을이 있고/ 추억처럼 사나이가 있다(「자화상」)'고 말한 청년 윤동주의 개결한 성품이 드러나는 이 시가 나는 좋았다. 이미지니 상징이니 하는 시적 장치를 떠나 그 시절 그만의 정서로 자신을 들여다보는 모습에 아프도록 끌렸던 때문이다.

육첩방은 남의 나라/ 창밖에 밤비가 속살거리는데//

등불처럼 어둠을 조금 내몰고/ 시대처럼 올 아침을 기다리는 최후의 나(—「쉽게 씌어진 시」 중에서)

뜻 모를 외마디 소리를 지르고 1945년 2월 16일에 숨을 거둔 윤동주. 옥사한 동주의 시신을 찾으러 간 그의 친척은 '죽은 동주는 후에 찾기로 하고 산 사람부터 찾아야 겠다'며 송몽규의 면회 신청부터 했다. 그때 깨진 안경을 쓴 몽규의 얼굴은 핏기 하나 없었고 몸은 뼈만 남아 처음엔 알아볼 수조차 없었다. 그의 반쯤 깨진 안경알은 그가 당한 온갖 수모와 굴욕, 고통과 비인간적인 학대를 증명하는 것이었다. 동주를 아는 이들은 그의 죽음을 쉽게 받아들일 수 없었다. 축구와 스키 등 운동과 산책을 즐기며 건강했던 그가 수감된 지 일 년도 안 되어 허망하게 절명한 이유를 도무지 알 수 없다는 것이었다.

그 무렵 그의 고향집에 두 통의 전보가 배달되었다. '2월 16일 동주 사망. 시체 가져가라'가 먼저 온 것이었고 '동주 위독하니 보석할 수 있음. 사망 시는 시체를 가져가거나 아니면 구주 제대에 해부용으로 제공할 것임. 속답을 바란다'는 내용의 전보는 나중에 온 것이었다. 전보를 받은 그의 아버지는 현해탄을 건너가 한 줌의 재로 변한 동주의 주검을 안고 돌아왔다.

어려서부터 노여움이나 억울함, 안타까움 등은 마음속에만 담아두고 미소로 일관했던 그의 성품은 자신의 시詩 정신과도 일맥상통한다. 그에게 있어 시를 쓰는 행위는 괴로워하는 자신과 희망을 부추기는 또 다른 자신과의 만남이었는지도 모른다. 그는 떠났지만 그의 시와 시심詩心은 우리 곁에 영원히 남아 있다. 시대적 현실을 부끄럽게 생각하고 스스로를 끊임없이 응시하며 스스로에게 묻기를 멈추지 않았던 윤동주. 맑은 영혼의 가엾은 죽음을 생각하노라면 몇 편 안 되는 그의 시 안에서 서성이기만 하는 나 자신이 한없이 부끄러워지는 것이다.

시인이 영면한 지 50주년이 되던 해 교토의 도시샤 대학에 그의 시비가 세워졌다. 문학평론가 김우종 교수가 후쿠오카에서 처음 추모제를 지낸 1995년 이후, 해마다 2월이 되면 그곳에서 '윤동주를 그리워하며 그의 시를 낭송하는 모임'을 갖는다. 그날은 윤동주를 사랑하는 일본인들이 그에게 꽃을 바친다.

우리도 가져간 꽃다발을 바쳤다. 꽃을 두고 돌아서는 발걸음이 납덩이처럼 무거웠다. 나는 '죽는 날까지 하늘을 우러러 한 점 부끄럼이 없기를' 바랐던 그의 말을 한동안 되뇌었다. 그의 부끄러움과 만나 한없이 작아지는 내 자신을 추스르기가 좀처럼 쉽지 않았다.

제2부

개망초꽃

지중해의 여름

푸른 물감을 맘껏 풀어놓은 듯한 지중해 해변에 나는 지금 앉아 있다. 이글거리는 아스팔트를 따라 호텔에서부터 십여 분쯤 걸어나왔다. 멀리 타우루스 산맥이 건너다보이고 바람은 그곳으로부터 줄기차게 불어온다. 망연히 서서 산 정상에 쌓인 만년설을 바라본다. 그동안 내가 맞이하고 싶었던 여름과의 거리는 눈 덮인 산과 안탈리아 해변의 사이만큼이나 멀었으리라. 이런 나의 생각에 동의라도 한다는 듯 바다는 주름진 얼굴로 끊임없이 내게로 향해 달려온다.

이곳에 다시 오기까지 나는 몇 년을 망설였던가. 오고 싶은 마음만큼 간절히 떨어져 있던 곳이었다. 첫 방문은 10년 전, 겨울이었다. 그땐 성난 파도 위로 거대한 줄기를 뻗은 눈 덮인 타우루스 산맥만 눈에 들어왔었다. 그 겨울에 글과 사진으로만 보았던 풍요의 여름, 지중해를 꿈꿨던 나는 그리도 원했던 안탈리아 해변에 앉아 혼자만의 여름축제를 열고 있는 중이다.

거침없는 햇살이 빽빽하게 내리꽂혀 눈을 멀게 하는 곳, 비행기 트랩을 내려서면서부터 설렘으로 가득했던 곳. 나는 지금 해변으로 가 앉는다. 바다로 오는 길에 스쳤던 후텁지근한 바람이 이곳까지 따라와 갈증을 부추긴다. 호텔에서 챙겨온 맥주 한 캔과 몇 개의 과일을 백팩에서 꺼낸다. 부풀어 오른 맥주 거품을 시원하게 들이켠다.

오후로 건너온 햇살은 더욱 뜨겁게 나의 등을 데운다. 간간이 불어오는 바람이 바다의 살결을 폭 좁게 혹은 넓게 아코디언 연주하듯 어르며 자유자재로 불어댄다. 내 곁을 스치며 몸을 간질이기도 한다. 몇 모금의 맥주를 넘긴 나는 고운 모래를 손바닥 안에 쓸어 담아서 흘려본다. 삽시간에 스르르 빠져나가는 모래알을 나는 한 순간도 놓치지 않고 주목한다. 그 모습이 마치 영원으로 가는 시간과도 같다. 가는 모래는 운동화 속에도 스며든다. 신발을 벗고 양말을 끌어내린다. 그 순간 내 주변의 풀들이 소스라치게 놀라고 파도는 포효하듯 소리친다.

신화가 꿈틀대는 타우루스 산맥을 다시 건너다본다. 햇빛이 되비치는 해변에 앉아 나는 몇 천 년 전의 올림푸스 산에서 들려오는 이야기에 귀를 연다. 하마 알제에서의 카뮈도 그랬을까. 「결혼, 여름」에서 알제의 궁핍함이 카뮈로 하여금 그곳을 사랑하지 않을 수 없게 하였다곤 하지만 압도적인 지중해의 풍요야말로 그에게는 필연적인 것이었다. 하지만 무엇보다도 그가 알제를 사랑할 수밖에 없었던 건 태양 때문인지도 모른다. 그는 태생적으로 한 곳에 오랫동안 머물기를 꺼려했다. 익숙해지는 것이 두려웠던 때문일까. 아무튼 다시 찾고 싶은 이유 하나쯤 남겨두는 건 혼자만의 시간을 즐기는 사람들의 공통적 소망인 듯하다.

자리를 털고 일어난다. 바람과 팔짱을 끼고 해변을 걷고 싶어서이다. 가방을 메고 한 손에는 마시다 만 맥주를, 겨드랑이엔 신발을 감춘다. 많은 사람들이 비키니 차림으로 모래사장에 엎드려 내리쬐는 태양을 맘껏 덧입고 있다. 우리나라에서는 흔히 볼 수 없는 풍경이지만 웬일인지 금세 익숙해진다. 그들 옆으로 자잘한 파도가 들고나는 길을 따라 나는 천천히 발길을 옮긴다.

안탈리아 해변은 잔돌이 어여쁘다. 색색의 무늬가 박힌 납작하고도 뭉뚝한 돌들이 마음을 끌어당긴다. 타우루스 산맥으로부터 얼마나 오랜 시간 굴러 내려왔을까. 어쩌면 어느 여신들의 장신구가 풀어져 바닷물에 씻기고 파도에 닳아 이리도 고운 빛깔을 낸 것이 아닐까. 나는 신발을 구겨 가방에 넣고 돌을 줍기 시작한다. 주머니가 금세 불룩해진다.

넉넉한 햇빛과 마법의 바람, 신화 속의 보석과도 같은 돌이 있는 지중해의 여름바다와 마주하기 전에 나는 얼마나 많은 주저를 끌어안고 있어야만 했던가. 생업을 뒤로 하고 무턱대고 떠날 수 있는 용기는 애초에 없었다. 다만 그곳에서 생의 에너지를 얻고 싶은 간절한 바람이 거기로 갈 수 있다는 희망을 부추겼다.

'가보지 못한 미래에 대한 열망은 삶에 대한 배신행위'라고 카뮈가 말했던가. 그의 한마디가 내 마음에 불을 지폈는지도 모른다. 지중해 바다에 앉아 삶의 무늬를 쓰다듬으며 그동안의 삶을 확인해보는 것도 좋은 방법이라고 생각했기에 기꺼이 보따리를 꾸릴 수 있었다. 이번 여행은 몇 년 전 지중해의 그곳은 아니었지만 처음 갔던 그곳을 눈에 아른거리게 했다.

남은 맥주를 한꺼번에 목뒤로 넘긴다. 알싸하고도 시원한 맛이 온몸 구석구석을 파고든다. 내게 여름은 늘 뜬구름과도 같아서 어쩐 일인지 한 번도 열정을 쏟은 기억이 없었다. 주어진 현실에 만족하려 애썼을 뿐, 혹독한 겨울 한가운데에 멈춘 채로 여름과의 거리를 좁히기 위한 어떠한 노력도, 삶에 대한 배신행위를 벗어나기 위한 어떤 모험도 그동안 나는 하지 않았다. 어쩌면 나는 작디작은 변화조차 두려워하면서 안일한 현실에서 벗어나려 하지 않았던 것인지도 모르겠다. 하지만 이번엔 굳은 결심으로 길을 나섰고 지금의 나는 지중해의 여름과 하나가 된 듯하다. 가끔 몸과 마음이 절정에 이를 수 있도록 뜨거워지는 일도 나쁘지만은 않으리라. 한 번도 일탈을 해보지 않은 사람일수록 그 일은 필연적 경험이 되고 말 테니까.

알싸한 취기에 젖어 나는 강렬한 태양 아래 천천히 몸을 눕힌다. 타우루스 산맥은 만년설의 흰 띠로 내 옆에 와 나란히 눕는다.

이 고요, 시간은 내게 더 이상 존재하지 않았다.

개망초꽃

돌이켜보면 나도 잘한 건 없다. 이왕에 참는 것, 조금 더 참았어도 좋았다. 목숨이 오가는 일도 아니고 하룻밤 지나고 나면 수그러질 수도 있는 일이었다. 그렇지만 그 일은 여러 차례 비슷한 양상이 반복되면서 생긴 일종의 응어리 같은 것이었다.

8년 전에 예닐곱 명이 모여 문학동아리를 만들었다. C선생이 초대 회장을 맡았고 나는 사무국장이 되어 단체를 꾸려나갔다. 예술을 하는 이들은 고집이 세다고 했던가. 모두들 자존심이 목숨과도 같았다. 아주 작은 일에도 신경이 날카로워지는가 하면 그냥 넘어가서는 안 될 것 같은 일에는 외려 관대했다. 나는 눈치가 없어서 여러 사람을 불편하게 했다. 성격 탓인지 사회생활을 제대로 못한 탓인지 사람을 상대하는 데 서툴렀다. 잘한다고 해도 일이 심각하게 꼬이는가 하면, 거의 포기 직전에 놓인 일이 엉뚱하게 잘 풀려 당황스러울 때도 있었다.

굳이 회원이 많아야 할 이유가 없다고 생각하는 나와 달리 C선생은 한 사람이라도 더 문학회에 가입을 시켜 양주가 문학으로 튼실한 고장이 되어야 한다고 주장했다. 그 바람에 신입회원이 들어오면 그들이 적응할 때까지 신경을 곤두세워야 했다. 가끔은 배려 차원에서 전화를 걸어 안부를 묻거나 문자 메시지를 돌렸다. 때론 만나서 식사나 차를 나누기도 하고 문학 관련 세미나가 있으면 그들을 대동해 어디든 찾아갔다. 나는 늘 배려의 정도를 몰라서 갈팡질팡했다. 어디까지가 나의 역할인지 헷갈렸다. 회원 간에 갈등이 생기면 가장 먼저 C선생과 부딪쳤다. 선생은 나의 주장이 강하다고 했다. 회원들의 불만을 읽어주지 못했다는 이유로 언제나 나를 나무랐다. 선생에겐 무조건 내가 잘못한 것이었다. 최선을 다한 결과가 이런 것인가 싶어 나에게도, 단체에도, C선생께도 실망감이 커졌다. 점점 지쳐갔다. 4년 만에 나는 단체에서 도망치다시피 빠져나왔다.

모임에서 나온 후에도 몇몇 회원과의 관계는 유지했지만 예전처럼 서로 살가운 말은 오가지 않았다. 어쩌다 C선생을 만나도 농담을 주고받거나 마음을 터놓고 이야기를 하는 일은 없었다. 핑계를 대면서 만남을 피하게 되었다.

하지만 글을 쓰는 한 얼굴을 안 보고 살 수는 없는 노릇이었다. 그들을 만나는 것이 두려워 듣고 싶은 강연을 애써 포기하기도 그렇고, 혹여 그런 장소에서 그들을 만나면 그때마다 외면할 수도 없는 터여서 한 번쯤 속 시원히 터놓고 이야기해보고 싶기도 했지만 그를 너무나 잘 아니 망설여졌다. 내가 아는 선생은 언제나 무슨 일에든 중심에 있어야 하는 사람이다. 내 편으로 기울어주기를 바란 적은 없지만 내 이야기도 긍정적으로 들어줬으면 했다. 그런데 그는 여전히 나를 나무랐다. 그의 어떤 점이 나를 꼼짝 못하게 하는지 모르겠다. 옳든 그르든 자신의 의견을 대부분 관철시키고야 마는 그는 웬만해서는 자신의 속내를 드러내지 않는다. 내가 서운하다고 해도 그 말을 하는 나를 이해 못하겠다는 듯 그저 바라볼 뿐이다. 그런 그에게 하고 싶은 말을 다 할 수는 없었다.

7월이 코끝에 와 있던 어느 날 선생에게서 연락이 왔다. 회암사에 관한 글을 써 잡지사에 보내야 하는데 글과 함께 보낼 사진이 필요하다는 것이다. 사정이 여의치 않으니 사진을 찍어줬으면 하는 전화였다. 알겠노라 대답하고 약속장소인 회암사로 차를 몰았다.

회암사에 올라 대웅전과 부도탑을 촬영한 후 내려와 절터를 담았다. 웅장한 절터를 한 장의 사진에 다 넣을 수 없어 몇 컷인가를 나눠 찍으면서 뒤에서 서성이는 그를 힐끔거리며 돌아다보았다. 무슨 말인가 하고 싶었으나 별다른 대화는 오가지 않았다.

내려가는 길, 나는 박물관 쪽으로 방향을 잡았다. 아주 뜨거운 여름 한낮이었다. 그의 차가 내 뒤를 따라왔다. 삼면이 숲으로 감싸여진 절터를 한 장으로 담기 위해 잠시 차를 세웠다. 차에서 내려 카메라를 들고 절터 앞에 섰다. 드넓은 회암사지를 올려다보았다. 그때 어디선가 달콤한 향기가 바람을 타고 와 내 몸을 감쌌다. 몸을 뒤로 돌렸다. 건초에 단내를 묻힌 듯한 향기가 순식간에 나의 몸을 다시 휘감았다. 주위를 둘러보았다. 꽃향기일 법한데 향기를 뿜을 만한 꽃은 보이지 않았다. 내가 서 있는 쪽에서 백여 미터 떨어진 박물관까지 개망초꽃이 흐드러지게 피어 있을 뿐이었다. 그 향기였다. 개망초꽃을 수 없이 봐왔지만 이렇듯 은은하고 달콤한 향기를 지닌 줄은 몰랐다. 들꽃에 관심이 많아졌다는 C선생에게도 알려주고 싶었다. 그는 저만치 서서 무심히 또 다른 발굴터를 스마트폰 카메라에 담는 중이었다. 그의 표정을 자세히 볼 수는 없었지만 지친 듯 굽은 등이 뜨거운 햇살에 유난히 가라앉아 보였다. 나의 시선을 느꼈던지 잠시 후 그가 고개를 돌렸다. 나는 개망초꽃에도 향기가 있다고 그에게 다가가며 수선을 떨었다. 의외라는 듯 그도 코를 벌름거렸다.

'계란꽃'이라고도 불렸던 개망초, 그의 꽃말은 '화해'다. 가까이 있는 사람을 행복하게 하고, 멀어진 사람은 가까워지게 한다는 꽃말도 가지고 있다. 꽃말을 알기 전에는 몰랐던 묘한 기분이 나를 잠시 흔들었다.

감당하기 힘들었던 일도 시간이 지나면 희석되어버리고 좋은 일은 오래도록 기억하나 안 좋았던 일은 묻어두려는 습성이 누구에게나 있는 탓일까. 아니면 건망증으로 지난 일을 잊어버리는 건지, 그것도 아니라면 오늘 문득 선생의 굽은 등을 본 탓인지, 나도 모르게 지난 일들이 꽃잎처럼 한 겹씩 흩어져 내리는 것이었다.

건너편 박물관 건물과 푸른 하늘을 배경 삼아 하얀 개망초꽃을 카메라에 담았다. 쪼그리고 앉아 한 무더기의 구름이 흐르는 하늘을 향해 또 한 번 셔터를 눌렀다. 파란 하늘을 배경으로 하늘거리는 개망초꽃이 시원한 바람과 함께 다시 한 번 향내를 보내왔다.

어쩌면 개망초꽃 향기는 어떤 향기도 없는 줄 알고 그동안 맡아볼 생각조차 하지 못한 그에게로부터 온 화해의 손짓이었는지도 모른다는 생각이 들었다. 고개를 들자 가없이 맑은 하늘이 나에게로 다가왔다.

오렌지 꽃향기는 바람에 날리고

알 수 없는 일이다. 벌써 20년도 더 지난 일인데, 마치 어제 일인 양 풍경 하나가 기억 속에 선명하게 남아 있다.

165센티 정도의 키에 생머리를 어깨까지 기른 20대 중반의 그녀를 만난 것은, 청량리역에서 시립대 방면으로 가는 길가 카페에서였다. 그 카페가 그녀의 것이었는지, 아니면 종업원으로 일하고 있었는지는 모르겠다. 언제부터 그곳에 커피집이 있었는지도 모를 일이다. 어쩌면 내가 가지고 있는 그녀의 이미지마저도 확실하지 않을 수 있다.

서울에 올라온 지 얼마 되지 않았을 때였다. 길동 언니네에 가려고 청량리로 간 나는 버스를 놓치고 무작정 면목동 쪽으로 걸음을 옮겼다. 언제 올지 모를 버스를 마냥 기다리고 싶지가 않았다. 미주상가를 지나 1킬로쯤이나 걸었을까, 길 건너에 〈오렌지 꽃향기는 바람에 날리고〉라는 주황색 간판이 눈에 들어왔다. 얼핏 보면 건물 색에 묻혀 눈에 띄지 도 않았을 작은 간판이었는데, 고개를 돌리는 순간 오렌지 향기가 바람을 타고 와 내 코끝을 건드리는 것 같았다. 나는 카페 문을 밀고 들어갔다. 오후의 햇살이 아직 불을 켜지 않은 카페를 밝히고 있었다. 네 개의 테이블이 전부인 아주 작은 카페였다. 그녀는 창 쪽에 있는 테이블에 재떨이를 올려놓는 중이었다.

우리는 '어서 오세요', '안녕하세요'라는 인사말도 나누지 않고 잠시 서로를 살피듯 바라보았다. 막 시골에서 올라온 듯한 차림의 처녀를 그녀가 빤히 건너다보았다. 아무렇게나 기른 단발머리에 헐렁한 스웨터, 빨간 체크 무늬 바지를 입은 나는 세련된 옷차림의 그녀가 무척이나 지적이고 아름답게 느껴졌다. 그녀는 내게 앉으라는 듯 창 쪽 테이블을 말없이 손으로 가리켰다. 나도 빙긋이 웃으면서 그 자리로 가 앉았다. 그녀는 주방에서 물 한 잔과 비스킷이 담긴 접시를 가지고 나와 테이블 위에 내려놓았다.

그날 이후로 나는 틈만 나면 그 카페로 갔다. 거기에 가면 이문세가 있었고, 조르주 무스타키가 있었고, 가끔은 스모키와도 만날 수 있었다. 그녀의 음악 세계는 퍽이나 다양했다. 나는 음악에 맞춰 몸을 느리게 흔들며 카페 이름이 참 예쁘다고 했다. 그녀는 마스카니의 오페라 〈카발레리아 루스티카나〉에 나오는 합창곡 제목을 가져온 것이라며 그 곡을 무척 좋아한다고 했다. 잠시 후 LP 한 장을 골라 턴테이블에 올렸다. 곧이어 교회 종소리와 함께 바이올린 연주가 이어졌다. 카페

안이 오렌지 꽃향기로 가득 넘쳐나는 듯했다. 왠지 옛 추억이 아련하게 떠오를 것만 같은 분위기의 음악이었다. 우리는 조용히 음악에 젖어갔다.

그곳에서 그녀의 애인인 듯한 건장한 청년과 인사를 나누기도 했다. 때론 왁자하게 몰려와 온통 테이블을 차지한 대학생들에게 자리를 양보한 적도 있다. 그럴 때면 나를 배웅하며 그녀가 한없이 미안해했다. 그 즈음 나도 남자친구와 자주 만나고 있었다. 속마음을 보여주면 큰일이라도 날 것처럼 우리는 서로를 속으로만 좋아했다. 남자친구도 누나라고 부를 만큼 그녀와 친해졌다. 그가 군대에 가기 전 그곳에 잠깐 들렀을 때, 그녀는 술과 안주를 푸짐하게 내왔다. 그가 떠난 후 나는 더 자주 그녀를 만나러 갔다. 나의 허전한 마음을 읽고 있기라도 한 양 그와 함께 들었던 노래를 틀어주거나 담배 한 개비를 건네기도 했다. 담배를 피울 줄 몰랐던 나는 불을 붙이지 않은 담배를 손가락 사이에 끼우고 오랫동안 창밖을 내다보았다.

며칠이 지나 그녀는 그가 놓고 갔다며 편지 한 통을 내게 보여주며 어깨를 토닥여줬다. 나를 좋아하고 있으리라 짐작만 했던 그의 마음을 비로소 확인할 수 있었지만 그와는 다시 연락을 하지 않았다. 편지의 어느 문구가 나를 그로부터 멀어지게 했는지는 모르겠다. 언젠가부터 그 카페로도 발길이 돌려지지 않았다. 가끔 생각이 나면 공중전화로 그녀에게 안부를 묻고는 했을 뿐이다.

하고 많은 일 가운데 그때의 기억이 떠오르는 것은 무슨 까닭일까.

오랜 시간 함께한 것도 아니었고 특별한 추억이 많았던 것도 아니었는데, 지금껏 내 가슴에 남아 가끔 명치끝을 아리게 한다. 별다른 친구가 없었던 그때, 그녀는 유일하게 내 마음을 어루만져준 사람이었다. 그녀의 말이라면 무조건 옳게 들었고 그녀의 일상은 신비로웠다. 이젠 목소리도 생김새도 확실히 기억나지 않지만 그 이미지만은 남아 있어 문득 문득 되살아나곤 한다.

요즘 커피전문점이 한 건물에 하나일 정도로 늘고 있다. 하지만 나는 좀처럼 커피집에 들어가지 않는다. 대화할 상대가 없기도 하지만, 온통 유리로 되어 있어 훤히 안이 들여다보이는 곳에서 밖을 바라보며 혼자 앉아 있고 싶지도 않다. 그러고 보면 그때가 좋았다. 아무 때나 혼자서도 찾아갈 수 있는 곳이 있다는 것은 크나큰 위안이었다. 넓지 않아서 썰렁하지 않았고 그렇기에 그녀와 나 둘 사이에 놓여 있던 적막도 낯설지 않았다. 작은 창을 통해 보이는 것은 지나가는 사람과 자동차뿐이었지만 그땐 밖이 내다보이는 그 집 그 자리가 좋았다. 그녀가 말없이 다가와 앉는 모습이 좋았고, 그녀가 내오는 아이리시 커피는 무척이나 달콤했다. 이문세의 목소리가 감미로운 탓도 있었겠지만 그녀가 음악과 함께 들려주던 서울 이야기는 나에게 별천지와도 같았다.

그녀도 가끔은 나를 생각하고 있을까. 그때 그는 잘 살고 있을까.

내 일생에 가장 풋풋하고 아름다웠던 한때. 청춘의 열병을 앓고 있었던 그와 나, 그리고 그녀.

●

오렌지 꽃향기는 바람에 날리고

꽃잎은 사방에 푸르러

활짝 피어 있는 꽃 속에서 새들이 흥겹게 노래한다

아름다운 사랑이 피어나는 계절에

부드러운 노래가 정답게 속삭인다

오래된 그리움이 오렌지 꽃향기처럼 허공으로 흩어져 간다.

향기가 있는 언덕, '허브힐'

살갗을 태울듯 볕 따가운 어느 여름날, 나는 그림작가와 함께 미리 약속한 '허브힐'에 도착했다. 그곳은 생태식물원으로 경기도 양주시 남면 황방리에 자리하고 있다. 나는 그곳 주인인 최혜경 원장을 취재하고, 그림작가는 허브힐의 전경과 그곳에 자라고 있는 식물을 스케치하기로 했다.

우리가 도착했을 때 최혜경 씨는 챙이 넓은 모자를 쓰고 식물원의 꽃을 손질하고 있었다. 그의 주변에는 용도가 다른 여러 개의 바구니가 군데군데 놓여 있었고, 씨를 받기 위한 플라스틱 그릇도 여럿이었다. 왜 하필 뜨거운 한낮에 일을 하느냐는 나의 질문에 식물을 관리하는 데 특별한 때가 있는 게 아니라며 자신이 들고 있는 호미며 식물을 보여준다. 쉼 없이 관리를 해야 한다는 뜻이다. 그러고 보니 화원 일과 다를 바가 없다.

산과 붙어 있는 식물원은 두더지와 고라니, 멧돼지의 출현이 빈번한데, 녀석들을 막을 수 있는 방법이 따로 없다고 했다. 그저 그들이 망쳐 놓은 공간을 정리하는 일이 시급할 뿐이라는 것이다. 이야기를 듣고 보니 대책 없이 어지럽혀져 있는 바늘꽃과 키가 제법 큰 접시꽃이 눈에 들어왔다. 울타리를 쳐도 소용없단다. 그들이 짓밟아놓고 간 자리를 보면서 헛웃음을 칠 때가 한두 번이 아니라며 또 헛웃음을 친다. 롤러로 밀어버린 듯 납작하게 눌린 곳이 간간이 보였다.

최혜경 씨는 음대를 나와 인천시향에서 연주를 했던 바이올리니스트이다. 그가 양주의 구석진 산기슭에 허브 농장을 계획한 것은 평소 '타샤의 정원' 같은, 자신이 직접 가꾸고 꽃피울 수 있는 아담한 정원을 꿈꾸면서부터였다고 한다. 그의 부친은 식물학자이며 우리나라에 허브를 최초로 들여온 최영전 씨다. 허브에 관한 권위자이며 관련 책도 여러 권 출간하였다. 그가 정원을 꾸리고 싶었던 데에는 아버지의 영향도 컸다.

허브힐은 2006년에 처음 문을 열었다. 주변의 다른 식물원에 비해 규모는 작은 편이나 3천여 평의 언덕을 일구어 모양을 만들기까지 5년여의 시간이 걸렸다. 주차장 옆으로 정원이 자리했다. 그곳에는 초여름부터 늦가을까지 꽃을 피우는 장미원과, 수경식물을 즐기고 관찰할 수 있는 연못정원이 있다. 그 외 50여 종의 허브들이 자라고 있는 허브 표본

원, 원예종 허브들로 구성된 놋트가든Knot garden, 각종 자생화 및 원예종 꽃들로 구성된 플라워가든Flower garden, 30여 종의 허브들로 구성되어 있는 식용 허브원 등이 짜임새 있게 자리잡고 있다. 거기에 100여 평의 공간을 온실로 만들어 아열대성 허브와 추위에 약한 식물들의 겨울나기를 돕고 있다. 허브샵과 허브카페는 그곳을 찾는 이들의 즐거움을 한껏 부추긴다. 허브힐의 전경을 한눈에 내려다볼 수 있는 야외 데크에서의 캐모마일 차 한 잔은 언제부턴가 여유로움의 상징이 되었다. 허브힐의 차는 모두 유기농이며 원장인 최혜경 씨가 직접 만들어 판매한다. 확고한 철학이나 사명감 없이는 부딪는 일조차 어려운 것이 식물원 일이다. 최혜경 씨가 식물학자인 아버지 밑에서 식물을 가까이 하였고, 귀로 눈으로 익힌 식물들이기에 지금의 허브힐이 가능했다는 생각이 든다.

그곳에는 키가 2미터가 넘는 머레인을 비롯하여 300여 종의 허브가 있으며 야생화도 100여 종이란다. 그 외 에키네시아나 장미 등 다양한 꽃의 수도 100여 종이 넘는다는데 여자 혼자 가꾼 농장이라는 것이 믿기지 않는다. 대학교수인 남편이 쉬는 날, 도와준다고는 하나 거의 혼자서 꾸려간다. 뿐만 아니다. 그는 짬짬이 강의를 한다. 출강은 물론 식물원 한쪽에 체험실을 만들어 허브를 이용한 양초와 화장품, 오일 등을 체험할 수 있도록 장소를 개방하고 있다. 또한 교육농장도 함께 운영한다. 농장의 학습목표는 '씨앗에서 씨앗까지From seed to seed'이다. 씨앗을 뿌려 꽃을 보고, 열매를 맺게 하여 또 다시 씨앗을 받는 것까지의 과정을 보여준다. 내가 허브힐을 자주 찾는 이유는 여기에 있다. 요즘도 허브힐에는 교육에 관심을 둔 체험생들이 하루 20~30명씩 찾아온다.

최혜경 씨에게 식물원을 하게 된 동기를 물었다. '꽃을 너무 사랑하므로'라며 그답지 않게 멋쩍게 웃었다. 허브힐은 일반 허브 농장과 다른 점이 있다. 식물의 생태를 시기에 맞게 보여주는 식물원이다. 봄에는 씨를 뿌리고, 여름에 꽃을 보며, 가을에는 결실을 즐긴다. 사계절 어느 때 찾아가도 계절을 벗어난 꽃을 구경할 수 있는 식물원이 아닌, 전혀 인위적이지 않은 자연 그대로의 생태를 관찰할 수 있는 곳이다.

꽃이 없다고 식물이 없는 게 아니다. 꽃이 지고 나면 볼 것이 없다고 불만인 관람객에게 "가만히 들여다보세요. 수백여 종의 꽃이 숨쉬고 있어요. 느껴지는 게 없나요?"라고 당당하게 말하던 최혜경 씨가 작은 키에 단단한 모습으로 내 곁에 서 있다. 허브힐은 식물에 농약을 치지 않는다. 풀은 손으로 직접 뽑고 심한 곳은 낫으로 벤다. 언제든 누구라도 그곳에 들러 꽃을 감상하고 식용 허브 등 그곳에 있는 열매들을 맛보고 느낄 수 있도록 배려한 이유다.

우리는 장미원으로 발길을 돌렸다. 그곳 가까이에는 정자가 놓여 있다. 한낮의 태양을 피할 요량이기도 했지만, 정자에 앉아 그가 가꾼 정원을 멀찍이서 감상하기 위함이다. 아치를 타고 오르는 장미넝쿨을 카메라에 담으며 뒤늦게 핀 장미꽃의 향기를 느껴본다. 최혜경 씨는 언젠가 나에게 선물했던 장미차에 대해서 설명한다. 건너편의 허브도 식용과 약용 등 구분을 지어 심어놓은 거라며, 손가락으로 방향을 잡아준다. 보라색 꽃이 한창인 버베나가 한들거린다.

아름다운 것들에 대해 생각한다. 굳이 구분을 지어 나눌 필요가 없지 싶다. 음악이나 미술, 문학이나 건축물이나 아름답지 않은 것은 세상에 없다. 식물도 앉은 자리에서 제대로 자라야 아름답다. 언제나 인간의 이기가 자연을 훼손해 왔다. 씨도 꽃도 제 계절에 그 자리에서 볼 수 있어야 한다. '내 집 앞에 심어놓은 꽃을 남들도 즐기고 나처럼 행복해졌으면 좋겠다'는 최혜경 씨의 소원을 나도 함께 빌어본다.

음악을 하며 40여 년을 보낸 그가 끝내는 자신이 좋아하는 일을 위해 바이올린을 내려놓았다. 교회에서 가끔 연주를 하기도 했다지만 이젠 바이올린 연주보다는 식물을 가꾸는 일이 더 즐겁다며 손등으로 연신 흐르는 땀을 닦는다.

오늘 중 마무리할 일이 있다면서 그가 일어선다. 아무래도 시간을 많이 빼앗은 듯하다. 모자를 눌러 쓴 그가 우리에게 잠깐 기다려보라고 한다. 잠시 후, 감자와 상추를 담은 소쿠리를 보여주며 별 것 아니지만 집에 가져가 먹으라며 건네준다. 고라니와 멧돼지가 언제 나타나 밭을 망쳐놓을지 몰라 넉넉하게 심었다며 우리들의 손이 미안해하지 않도록 배려한다.

농장을 걸어나오며 그림작가의 스케치북을 건너다본다. 스케치한 꽃에 어떤 색의 이야기가 입혀질지 벌써 궁금하다.

9월의 노래

번개 맞은 듯 정신이 번쩍 들었다. 눈물이 쏟아질 것만 같았다. 이별에도 절차가 있다는 말을 무시해버려 지금 그 벌을 받고 있는 것이라는 생각이 들었다.

몇 해 전, 여름의 열기가 식어갈 무렵 친구의 소개로 그를 만났다. 훤칠한 키에 이목구비가 뚜렷한 그는 쌍꺼풀이 진 눈과 뽀얀 피부로 내가 좋아하는 형은 아니었다. 하지만 감색 체크 무늬 슈트를 입은 그의 모습에서는 멋이 풍겼다. 그는 성실했고 배려심이 있었으며 대수롭지 않은 나의 취미생활을 존중해주었다.

그런데 몇 계절이 지나면서 점점 서로에 대한 호기심이 줄어들기 시작했다. 오래 사귄 사람들처럼 서로에게 시들해졌고 상대의 장점보다 단점이 먼저 보였다. 가로수에 나뭇잎이 빼곡하게 우거져 하늘을 가리울 때 우리들의 마음엔 이른 낙엽이 지고 있었다. 점점 만남이 뜸해졌다. 그런데도 나는 어떤 문제가 우리 사이를 가로막고 있는지 알려하지 않았다. 그저 호들갑떨지 않고 조용히 만나는 것이 좋았다. 혼자 산 시간이 많아서였을까, 나는 간섭을 귀찮아했다. 가끔 주고받는 안부전화만으로 충분하다는 생각이었다. 하지만 그러는 사이 그는 내게 등을 돌렸다. 다시 계절이 몇 번 지나 여름이 끝날 무렵 그것이 이별의 예고였다는 것을 알게 되었다. 그에게서 거리감을 느꼈을 때 어렴풋이 짐작은 하고 있었지만, 이상하게 믿기지 않았다. 뒤를 돌아보니 밋밋하게 지낸 우리들의 시간이 멀리 달아나고 있었다.

1년이 지났다. 쌀쌀한 바람에 오소소 소름이 돋던 초가을 어느 날, 그와 자주 갔던 공원의 느티나무 밑에서 우리는 다시 만났다. 그도 나처럼 뒤늦은 후회를 하고 있을 것이라고 생각했다. 하지만 내가 용기를 내어 다가갔을 때 그는 나의 시선을 외면했다. 손을 내밀고 싶었지만 시큰둥한 그의 표정에 주춤 물러서고 말았다. 그와 나는 거리를 둔 채 어색하게 서 있었다. 어쩌면 우리는 이만큼의 거리에서 각자의 길로 돌아갈 운명이었는지도 모른다는 생각이 들었다.

그날 이후 나는 몸살을 크게 앓았다. 열이 오르고 머리가 지끈거렸다. 온몸이 민감해져 살갗만 스쳐도 몹시 고통스러웠다. 약을 먹고 천천히 천변을 걸었다. 누우면 며칠이고 그대로 죽은 듯 지낼 것만 같았다. 무어라도 해야 할 것 같아 팔을 아래위로 흔들며 걸었다. 얼마나 걸었을까. 열이 내리면서 식은땀이 몸을 적셨다. 나를 스치고 지나가는 자전거가 바람을 몰아주었다. 바람결에 그의 목소리가 들리는 것만 같았다.

사람은 사계절을 함께 지내봐야 알 수 있다고 누군가 말했었다. 사계절을 보내고 또 보냈는데도 그의 마음을 짐작조차 할 수 없었다. 불꽃 같은 열정은 아니어도 오래도록 서로를 존중하고 의지하며 같은 방향으로 걸어가는 것은 사랑이 아니었던 것일까.

'너처럼 어려운 여자는 처음'이라는 말을 건네기 전에 어떤 점이 어려웠노라 미리 말해줄 수는 없었는지, 이별이라는 종착지가 어디쯤이 될 것이라고 귀띔이라도 해주었으면 어땠을까…….

그와 나눈 어떤 말도 기억에 남은 것이 없는데 '너처럼 어려운 여자는 처음'이라는 한마디는 화인처럼 내 가슴에 남아 나를 아프게 한다.

어둠이 내려앉는 천변, 물새들의 움직임이 쓸쓸하다. 어둑해지는 길 위에서 패티김의 노래를 웅얼거려본다.

> 9월이 오는 소리 다시 들으면 사랑이 오는 소리 사랑이 가는 소리
> 남겨준 한마디가 또다시 생각나 그리움에 젖어도 낙엽은 지고
> 사랑을 할 때면 그 누구라도 쓸쓸한 거리에서 만나고 싶은 것
>
> —〈9월의 노래〉

9월이어서일까. 노래의 마지막 구절이 가슴에서 맴돈다.

'그 누구라도 쓸쓸한 거리에서 만나고 싶은 것'

●

갈림길

한 발만 내딛으면 어디로든 닿을 수 있는 길, 나는 그 길 위에 있다. 가을과 겨울 그 중간에 서 있는 중이다. 헌데 어느 쪽으로 발을 딛어야 할지 모르겠다.

두 계절 사이에서 어느 하나를 선택하지 못하고 계절을 넘어서곤 했다. 추수동장秋收冬藏. 가을은 모아두는 법을 일러주었지만, 막상 겨울이 다가오면 황토벽에 금이 가는 것을 어김없이 지켜봐야만 했다.

최선을 다해도 어느 만큼에서 세상은 늘 나를 비켜 지나갔다. 그때마다 붉게 타오르는 노을이 어둠으로 변하는 것을 맥없이 지켜보아야 했다.

며칠 전, 먼 들판을 건너오는 겨울의 발걸음들을 보았다. 가을을 보내기도 전에 저 혼자 앞장선 것이다. 가을을 쥐고 발끝을 들어 주변을 둘러보지만 보이는 것도 만져지는 것도 더 이상 없는 그 자리. 여직 나는 흐르는 시간 속에 허우적거리고 있는 것이다.

그냥 두 계절을 하나로 품을 수는 없을까.

하늘이 얼음처럼 차갑고 파랗다. 손끝을 대면 쩌억 달라붙을 것만 같다. 결국 계절의 변화를 거역하지 못하고 밀물 같은 시간에 등 떠밀려 오늘도 나는 쪽문 틈으로 난 그 갈림길을 바라다본다.

길 위에서 머뭇대는 바람을 본다. 어느 길로 방향을 잡을까? 하는 생각을 하는 동안 바람은 사라지고 없었다.

방으로 돌아와 옷장을 여니 두 계절의 남루襤褸가 그대로 걸려 있었다.

은행나무의 가을

투두둑!

화원 마당의 은행나무가 문 두드리는 소리를 내며 잎을 떨군다. 며칠 전부터 기온이 부쩍 내려가는가 싶더니 노란 은행잎이 가는 바람에도 수많은 잎을 떨어뜨려 거리 곳곳에 쌓인다. 그럴 때마다 나는 마음이 급해진다. 딱히 무엇 때문이라고 말할 수 없으나, 왠지 무언가 빼놓고 가고 있다는, 어쩐지 서둘러야 할 것 같다는 생각이 자꾸만 드는 것이다. 곧 닥쳐올 겨울을 준비해야 하기 때문인가 골똘히 생각해보지만 그도 아닌 것 같다.

마음 같아서야 떨어져 바다를 이룬 은행잎들을 그대로 두고 즐기며 가을을 온통 보내고 싶지만 상가 사람들은 나의 그런 게으름을 용납하지 않는다. 꽃시장에 다녀오느라 출근이 평소보다 늦는 날에는 어김없이 내 화원 앞만 노란 잎이 깔려 있다. 널어놓은 속옷을 걷지 못하고 귀한 손님을 맞았을 때처럼 나는 화들짝 놀라 빗자루를 들고 서둘러 마당으로 뛰어나간다.

요맘때가 되면 상가 사람들은 꼭 한마디씩 한다. 시청에 민원을 넣어 애물단지 같은 은행나무를 베어버리자는 것이다. 그러잖아도 사는 게 고되고 귀찮은데 마당 쓰는 일이 군일이 되어서야 쓰겠냐는 것이 이유였다. 의견을 모으러 왔을 때 나는 단칼에 반대했다. 이유를 물어왔지만 입을 굳게 닫고 그러면 안 된다는 듯한 표정만 내보였다. 낭만이니 자연보호니 외쳐대면 같잖다는 소리를 들을 게 뻔했기 때문이다. 게다가 '가을에는 마당 쓰는 게 좋아요'라고 말한다면 분명 '재수 없는 여자'라고 손가락질까지 할 것이다. 그러니 나는 되도록 입을 꼭 다물고 하고 싶은 이야기를 목 안으로 여러 번 삼켜야 했다.

은행나무가 양주시 남면 개나리 18길에 심어진 지도 열여덟 해가 되었다. 그들은 은행나무를 심으며 20~30년 후쯤 은행잎이 물결치는 가을의 도로를 달리는 낭만을 꿈꾸었으리라. 차가 달리면 그 속도대로 파르르 날리며 한 동안 자동차 뒤꽁무니를 따라갈 은행잎도 상상했을 것이다. 사는 일이 아무리 각박하다고 해도 마당에 은행나무 한 그루 세워둘 여유조차 없진 않을 텐데 가뜩이나 짧은 가을에 떨어지는 은행잎이 귀찮아 나무를 베어 없앨 생각부터 하는 상가 이웃이 나는 못내 서운했다.

나는 주로 꽃꽂이용 작업대에서 마주 보이는 은행나무를 보며 계절을 맞는다. 나뭇가지의 흔들림으로 바람의 세기를 점치고 그런 후에 비가 올 것인지, 더 큰 바람이 따라올 것인지도 경험을 통해 알게 되었다. 은행나무가 손톱만한 잎을 내밀 때부터 봄은 시작된다. 해가 갈수록 그들의 움직임은 전보다 빨라졌다. 잠깐 한눈을 팔고 나면 눈에 띄게 커져 있는 잎을 보게 된다. 나무야 자라는 정도를 느리게 가늠할 수 있지만 잎의 변화는 이렇듯 하루하루 다르다.

모처럼 한가한 주말이다. 출근하여 한 자루의 잎을 쓸었는데도 노란 잎이 다시 마당에 가득 쌓여 있다. 이제 나무도 삼분지 일의 잎을 떨궈냈다. 인간들이 그 나무 밑에서 나무를 없애느냐 마느냐를 두고 난상토론을 하든 말든 은행나무는 묵묵히 내년의 푸름을 위해 달디단 겨울잠에 들 준비를 서두르는 것이다.

한 차례 또 세찬 바람이 지나간다. 투두둑! 작업대에서 꽃을 다듬던 나는 통유리 너머를 바라본다. 다시 은행잎이 무수하게 떨어진다. 마당에 내놓은 꽃모란 위에 금세 소복이 쌓인다. 지는 국화꽃 위에도 앉고, 살랑거리며 몇 송이의 꽃을 매단 애플세이지 가지 사이에도 몇 잎이 꽂힌다. 바람은 다시 그들을 건드리며 지나간다.

지금 이대로가 좋다. 사람이든 식물이든 모두 자기 자리에서 본분을 다 하고 있는 모습이 아름답다. 부는 바람에 떨어지는 잎이 자동차 앞 유리창에 흩뿌려지기도 하고 화단 모퉁이에도 제 맘대로 앉게 하고 싶다. 잎이 떨어지는 가을만 있는 것이 아니라 뜨거운 여름, 그늘이 한 마당 들어선다는 것도 그들이 잊지 않았으면 한다. 심을 때 뜻이 있었던 것처럼, 커가는 나무를 보며 아름다움을 느낄 여유를 가졌으면 하는 것이다.

간신히 또 한 해를 잘 버텨준 나무, 이 가을 내 마음이 바빴던 이유는 은행나무가 처한 위태로움에 있었던 것이다. 천 년 넘게 한자리를 차지하고 있다는 용문사의 은행나무처럼 백 년도 살지 못하는 인간의 입방아 따윈 모두 무시하고 묵묵히 버텨주길 바란다면 욕심이 지나친 것일까.

제라늄

지난 해 늦가을, 마당에 내놓았던 꽃들을 다시 손질했다. 팔 수 있는 것들은 안으로 들이고 일년초이거나 화원 안에서 겨울나기가 어려운 것들은 날을 잡아 치울 요량으로 마당 한 켠에 몰아두었다. 그때 구석진 자리에 웅크리고 있던 제라늄 네댓 분이 눈에 들어왔다.

몇 년 전 하이델베르크에 갔을 때, 역에서 하이델베르크 성까지 천천히 걸어가는 동안 내 시선을 붙잡았던 것은 이국적인 풍경보다는 집집마다 창가나 발코니에 걸어놓은 제라늄 화분이었다. 그림으로나 봐왔던 유럽 풍경을 제라늄이 걸린 하이델베르크거리에서 제대로 만난 것이었다.

해마다 성실하게 꽃을 피우는 제라늄geranium을 볼 때마다 나는 게르만Germane 족이 연상된다. 어떤 연관성이 있는지는 모르겠으나 두 단어에서 굳건함과 성실함이 함께 떠오른다.

제라늄은 내가 좋아하는 꽃 중 하나로 쥐손이풀과에 속한다. 아프리카 남부 아열대지역이 주원산지이며 화단과 온실에 흔히 심는 식물로서 주로 관상용으로 재배한다. 이파리를 비비면 장미향 같기도 하고 박하향 같기도 한 특이한 향내가 난다. 해충이 싫어하는 향이 난다 해서 여름이면 모기 퇴치용으로 들이는 이들도 있다.

제라늄은 비교적 가격에 대한 부담이 없는 편이라 별다른 고민 없이 들이곤 했다. 그런데 재고가 문제였다. 단골에게 덤으로 주자니 아깝고, 싸게 팔자니 이깟 것을 돈 받고 파느냐고 핀잔 들을 것 같아서 아예 내가 끌어안곤 했다. 겨울을 잘 보낸 건강한 제라늄은 다음 해에 좋은 가격으로 팔린다. 주섬주섬 꽃이 진 제라늄 화분 네 개를 화원 안으로 들였다.

화원에 들여놓은 제라늄이 몇 주째 햇빛을 충분히 받지 못해 휘청댔다. 볼품이 없어 구석에 둔 탓이며 들이자마자 분갈이를 하지 못한 이유이다.

이곳으로 이사 오기 전 나는 걸음걸이마저 티가 날 정도로 휘청대며 지낸 적이 있었다. 무슨 일이든 하면 할수록 꼬이기만 했다. 모든 걸 포기하는 심정으로 사업도 접고 외부와의 접촉을 피했다. 혼자가 되고 나니 차라리 외롭지 않았다. 원망할 대상도 더 이상 보이지 않았다. 내가 갈 수 있는 길은 여기까지인가 하는 생각이 들었다. 그 즈음 누군가 나의 문을 쉼 없이 노크했으나 나는 들은 척도 하지 않았다. 문을 더욱 단단히 걸어 잠갔다. 하지만 그런다고 해서 세상이 달라지는 것은 아니었다.

나의 상황은 절박한 지경에 이르렀다. 더 나빠질 것이 아무 것도 없었다. 살아 있는 것은 극한에 달하면 오히려 우뚝 서게 된다고 했던가. 몇 달 후 나는 스스로 문을 밀고 휘청거리며 밖으로 나왔다. 이왕지사 이렇게 된 것, 어떤 상황에도 비굴해지지나 말자고 나 자신에게 주문을 걸었다. 어차피 나에게 아무 것도 해준 것 없는 세상에 나도 바랄 것이 없노라고 대거리를 해댔다. 그저 내가 가야 할 길이나 똑바로 걸어가 보자고 다짐하는 수밖에 없었다. 그제야 굳었던 관절이 조금씩 움직였다. 통 가실 것같지 않던 체기도 거짓말처럼 사라졌다. 나는 더욱 열심히 일했다. 화원에는 다시 사람들이 찾아들기 시작했다.

높이가 제법 되는 항아리 모양의 화분을 창고에서 꺼내왔다. 그곳에 부실해진 제라늄을 옮겨 심을 참이었다. 플라스틱 분에서 앙상해진 제라늄을 떠내어 꺼내놓은 화분에 두 줄로 심었다. 떡잎을 제거하고 죽은 가지를 쳐냈다. 참으로 나는 모질고 또 모진 주인이었다. 물만 주고 할 일을 다 했다고 생각했던가 보다. 미안한 마음이 들었다. 서둘러 창고로 가서 마사토를 가져왔다. 제라늄 가지 밑에 마사토를 채우고 꼭꼭 눌러줬다. 가지에 잎이 돋은 모습을 상상하니 벌써부터 화분이 소담하게 느껴졌다. 제라늄 화분을 출입문 근처 햇볕이 잘 드는 곳에 두었다.

3월이다. 분을 갈아준 제라늄의 잎이 무성해졌다. 슬며시 다가가 이파리를 흔들어보았다. 제라늄 특유의 향내가 난다. 그동안 가지도 제법 튼실해졌다. 다른 꽃나무들과는 달리 사계절 내내 쉼 없이 꽃을 피우니 마음이 가는 게 사실이지만 나는 제라늄의 강한 생명력이 더 좋았다. 한쪽 가지가 성치 않아 쳐내어도 투정이 없다. 그대로 버티면서 다음 가지에 싹을 띄우고 그만의 모양을 만들며 가지를 살찌운다. 가끔 옆집 할머니가 탐을 내어 제 몸의 한 가지를 툭, 꺾어 드려도 성을 내는 일이 없다. 본체本體도, 나눈 가지도, 멀쩡하게 자라 각기 다른 한 그루의 건강한 제라늄이 되어 예쁜 꽃을 피운다. 어떤 환경에도 탓하지 않고 주어진 대로 묵묵히 자기 역할을 다한다.

나는 제라늄처럼 있는 그대로 자신을 보여준 적이 있었던가. 자존심을 앞세워 약한 모습은 아예 내게 존재조차 하지 않는 양 살아왔다.

떡잎을 떼어줄 겸, 가까이 다가갔다. 기다란 줄기 끝에 한 타래의 꽃집을 물었다. 살짝 건드려보았다. 나의 인사에 제라늄이 기지개를 켜는 듯 흔들거린다. 꽃 타래를 유심히 살펴보았다. 네댓 송이의 꽃망울이 타래로 잡혀 있다. 얼마 안 있어 일제히 꽃을 피울 것이다. 어떤 색의 꽃을 피울지 새삼 궁금해진다. 분홍, 아니면 빨강이거나 하양이겠지만 이번 꽃은 전혀 다른 색으로 나왔으면 싶다. 곧 첫 번째 꽃대를 시작으로 경쟁하듯 피어날 꽃을 떠올린다. 이들의 경쟁은 서로에게 가장 큰 응원이 되어 더욱 건강한 꽃으로 피어나게 될 것이다.

제라늄의 꽃말은 '당신이 있어 행복합니다'이다. 누군가의 존재로 내가 행복해진다는 것, 나로 인해 누군가 행복할 수 있다는 것.

제라늄이 있어 행복한 나의 봄, 조만간 제라늄 꽃이 활짝 피길 기대해본다.

코스모스의 작별

시절 없이 피는 꽃이 어디 한두 가지랴마는 웬일인지 그곳 코스모스만 보면 길을 가면서도 자꾸만 뒤를 돌아다보게 된다. 조그만 움직임에도 대책 없이 흔들리고 마는 꽃. 저렇듯 시도 때도 없이 흔들리는 것을 보면 마음이 딱하기도 하고 어떤 땐 기분이 언짢기도 하다. 엄마의 손을 놓친 어린 아이를 보는 것도 같다. 하필 산꼭대기 비좁은 도로가에 피어 더욱 그런 생각이 드는 것일지도 모른다.

구파발 꽃시장에 갈 일이 있으면 나는 장흥 길을 이용하곤 한다. 가장 높은 산꼭대기에 길을 따라 코스모스가 피어 있다. 한 사람쯤 간신히 지날 수 있는 좁은 인도 옆, 나는 비탈진 갓길에 차를 세우고 코스모스가 있는 길을 따라 걷는다. 지나가는 차가 속력을 내기라도 하면 길을 걷는 사람도 코스모스도 따라서 휘청거린다.

길쭉한 키로 주변의 다른 잡초를 희롱하는 동네 코스모스와는 달리 작고 가녀린 산길의 코스모스이기에 마음이 더 가는지도 모르겠다. 산 아래 동네의 꽃은 벌써 씨앗을 몇 차례 매달았다. 그런데 장흥 산길의 코스모스는 50센티도 안 되는 작은 키로 11월에 접어든 지금까지 철없는 꽃을 떠받치고 있다.

코스모스는 신이 만든 최초의 꽃이며 수많은 꽃을 만들기 위해 실험한 꽃에 불과했다. 원래 고산지대에서 자라는 코스모스는 그 덕분에 종류가 다양하다고 한다. 다른 꽃들과 달리 코스모스에게 진한 향기를 주지 않은 것이 그나마 다행일까. 장미나 백합의 질투를 이기지 못하고 존재조차 사라질 위험에서 건져준 것은 신의 배려였을지도 모른다. 신은 코스모스를 만들고 실패작이라고 말했다지만 코스모스는 자신의 모습에 만족하는 듯 바람의 방향에 따라 이리저리 흔들리며 주변의 풀들을 기웃거린다. 미세한 바람에도 쉴 새 없이 몸을 흔드는 코스모스를 보며 지조 없다고 생각한 적이 있다. 하지만 그의 타고난 겸손이 부럽기도 하다.

코스모스를 두고 이러저러 말할 주제는 못되지만 나는 그 꽃이 마뜩찮을 때가 많았다. 모란의 고고함만큼은 아니더라도 그 고운 색으로 새침 떨며 자신의 자존심을 굳혀도 좋을 것이라고 생각했다. 하지만 코스모스는 주변의 나무나 잡초의 움직임에 어김없이 살랑대며 아는 체를 하니, '살살이 꽃'이라고 불렸는지도 모른다.

인간관계에 서툰 나로선 코스모스를 보며 많은 생각을 하게 된다. 마음에 차는 사람만 가슴에 담으려는 경향이 있는 나는 주변에 사람이 별로 없다. 여러 사람을 두루 사귀어 발을 넓히는 것이 좋으련만 이 사람은 이래서 안 되고 저 사람은 저래서 꺼려지는 것이다. 그래서 세상으로 내딛는 발길이 무겁기만 한지도 모르겠다. 사람들은 내게 '까칠'하다고 서슴없이 말하곤 한다. 정답이 버젓이 눈앞에 있는데도 굳이 내 고집대로 살아와서일까. 타협이 불가능한 사람처럼 생각을 흩트리려 하지 않았던 것이다. 세상이 아무리 변했다고 하나 독불장군은 여전히 환영받지 못한다. 잘 나지 않은 이가 없고 귀하지 않은 이 또한 없다. 소나무의 이기심이 다른 식물을 가까이 오지 못하게 하는 것만 보더라도 코스모스의 친화력은 높이 평가받을 만하다.

어느 곳에 서 있어도 다른 잡초들과 다양한 조화를 이루어내는 코스모스는 언제든 혼자 튀는 법이 없다. '소녀의 순정'이라는 꽃말 때문이 아니더라도 코스모스를 볼 때면 수줍은 소녀의 얼굴이 떠오르고 해맑은 웃음소리가 들리는 것만 같다. 가운데 노랑꽃술을 두고 여덟 개의 주름진 꽃잎이 촘촘히 박힌 것을 보노라면 태양을 중심으로 돌아가는 우주를 보는 것도 같다.

11월 초 한파가 몰려왔다. 기온은 갑자기 영하권으로 뚝 떨어졌다. 새벽녘, 나는 장홍 길의 코스모스가 염려되어 꽃시장을 핑계로 자동차에 시동을 걸었다. 가로등 불빛에 비친 길가의 풀들이 된서리를 맞아 그대로 주저앉았다. 마음이 바빠진 나는 언덕을 치고 오르며 바깥차선으로 차를 몰았다.

차에서 내려 코스모스에게 다가갔다. 코스모스는 고개를 숙이고 꽂꽂하게 선 채로 얼어 있었다. 어제까지도 멀쩡했던 꽃들이 하룻밤 사이 허망하게 꺾이고 말았다. 바닥을 향해 모조리 고개를 떨어뜨렸다. 화려한 여름날 꽃에 앉은 나비처럼 성스러운 꽃잎을 살포시 접고 얼어붙은 이파리 위에서 다소곳이 고개를 숙인 것이다. 절명絶命이었다. 자신의 모든 것을 순리에 맡기고 몇 알의 씨앗으로 내년을 기약했을 코스모스. 아직 제 빛깔을 잃지 않아 더욱 애처로웠다. 자연의 섭리라고는 하나 꽃이 지는 자리에서 나는 못내 숙연해졌다.

5분여 시간이 지났을까. 한기를 느낀 나는 차에 올라 유리 너머로 서리 맞은 꽃을 내다보았다. 생을 다한 코스모스들이 머리 숙여 내게 작별인사를 고하는 것 같았다. 속도를 줄이고 될수록 천천히 그곳을 빠져나왔다.

제3부

호일당 방문기

배웅 · 얼음꽃 · 향기 없는 질투
호일당 방문기 · 그는 어디로 갔을까 · 고양이가 왔다
봄 선물 · 나르시스의 미소 · 언제나 5월

배웅

몸을 다 태운 연탄을 도로 앞 지정된 장소에 내다버린다. 빈 연탄집게를 들고 오면서 전과 달리 마음이 허전하다. 무언가 내 손을 떠난 것에 대한 공허함일까. 문득 누군가를 배웅하고 돌아설 때의 기분이 이렇지 않을까 싶어진다. 버려진 연탄은 한때 자신으로 인해 뜨거웠을 연탄집게를 기억할까. 자신을 문밖에 두고 돌아서야 하는 연탄집게의 짠한 심정을 이해할 수 있을까.

평생 함께할 줄 알았던 그를 보냈다. 봄을 코앞에 둔 어느 날이었다. 그가 있을 자리는 내 곁인 줄 알았지만 언제인가부터 그의 시선은 항상 문밖에 있었다. 함께 있어도 전처럼 웃지 않았다. 예감은 했지만 그렇다고 그에 대한 미련을 버릴 수는 없었다. 그가 떠난 후의 빈 공간을 도무지 견딜 자신이 없었던 것이다. 내 말을 전적으로 믿어줄 단 한 사람, 표현은 서툴러도 그에게만큼은 나를 온전히 보여줬다고 생각했다. 그를 떠나보내야 한다는 사실이 두려웠다. 그를 보내고 돌아설 마음도 끝내 염려스러웠다.

그런데 그가 먼저 떠났다. 나의 마음은 의외로 담담했다. 이상한 일은 그를 옳게 기억하려는 몸부림이 오히려 그때부터 일기 시작했다는 것이다. 그의 빈자리에 비로소 그가 있었다. 그와의 추억은 생생하게 되살아나고 내 안에서 새롭게 꿈틀거렸다. 옆에 있었을 때보다 웃는 모습이 더욱 선명했고, 목소리도 곁에 있다고 착각할 만큼 뚜렷이 들려왔다. 바람 부는 날에 강가를 거닐면 그에게서 늘 풍겨나던 민트 향이 느껴졌다. 지금도 마치 함께 걷고 있는 것 같은 생각이 들었다.

그날, 그를 배웅하고 나서야 알았다. 나 또한 그에게는 늘 떠나는 자였다는 것을. 하루에도 몇 번씩 떠나는 연습을 하는 나를 보며 그는 얼마나 안타까웠을까.

시간이 빠르게 지나고 있다. 이제는 그가 떠난 것이 허전하다거나 더는 쓸쓸하지 않다. 떠난 이의 마음도 나와 다르지 않을 거란 생각이 든다. 이별은 상대방의 마음을 모를 때나 아프고 서운한 것. 만남이 있으면 헤어짐도 있는 법이다. 보낼 때도 처음 만날 때처럼 예를 다한다면 마냥 서운할 일도 슬플 일도 아닌 것 같다.

오늘밤은 폭설이 내렸으면 좋겠다. 밖에 내놓은 연탄을 덮고 그 연탄의 식어가는 기억마저 덮을 수 있는 꿈같이 깊은 폭설. 이왕이면 세상의 모든 아픔까지도 두텁게 덮어버릴 정도의 그런 폭설이었으면 좋겠다. 내일 아침 출근하면 청소차에 실려간 연탄의 향방을 짐작이나 할 수 있으려나. 아니다. 그것마저 지워지도록 밤새 포근한 눈이 끊임없이 내렸으면 좋겠다.

얼음꽃

결혼식 축하 화환이 배달되지 않았다고 한다. 거래처에 발주를 넣고 전날 확인까지 했는데 누락된 것이다. 그저 죄송하다는 말로 상대방의 마음을 달랠 수는 없었다. 예식 시간은 이미 지났고, 환불과 함께 지방의 신혼집에 축하 화분을 선물하는 것으로 실수에 대한 보상을 대신하기로 했다.

그런데 신혼여행에서 돌아와 화분을 전달받은 신랑이 몹시 불쾌하다며 전화를 걸어왔다. 배달원의 태도가 불량하다는 것이다. 축하 화환을 못 받은 것도 기분 나쁜데, 끝까지 실망시킨 것에 대한 서운함 같았다. 거래처에 전화를 걸어봤지만 어쩐 일인지 당사자는 영문을 모르고 있었다. 종일 내린 폭설에 길이 미끄러워 다음 날 배달해도 되는지 양해를 구하려 했으나 당일에 가져오라 해서 어렵게 배달했다면서 오히려 자기가 이해할 수 없다고 했다.

상황이야 어찌되었든 거기에 대한 책임도 내 몫이었다. 주문자는 나를 믿고 거래를 한다. 누구의 잘못을 떠나 실수를 수습하는 일은 오롯이 내 차지다. 거래처 사장은 나에게 '죄송하다'는 말로 마무리할 수 있겠지만 변상해야 하는 쪽은 나다. 그 일로 손님을 잃을 수도 있고 그것은 때로 마음의 상처로 남기도 한다. 실수한 일은 의외로 쉽게 잊히지 않는다. 오늘 일은 나의 사과와 사례에도 불구하고 그들에게는 의미 없는 일이 되고 말았다. 전화기를 내려놓으며 한 사람을 떠올렸다. 수필가이며 출판사를 운영하는 K선생.

그날은 올 들어 가장 추운 날이었다. 경기 북부지방은 하루 사이에 한파주의보가 특보로 바뀌었고 양주는 영하 17도를 넘나들었다. 서울도 별 차이는 없었다. 그날 오후, K선생으로부터 축하용 꽃바구니를 주문받았다. 시상식장은 번잡하니 집으로 배달해달라고 했다. 저녁때가 되자 거래처에서 전화가 걸려왔다. 배달사원이 그 집에 도착해 초인종을 눌러도 기척이 없다는 것이다. 출발 전 통화를 했고 집 위치도 정확히 알아본 후였다고 한다. 시계를 보니 오후 6시. 시상식이 한참 진행되는 시간이었다. 거래처 사장은 연세 많은 배달원이 추운 날씨에 고생이라는 말만 반복했다. 서울에는 지하철 배달이라는 게 있어 주로 연세 드신 분들이 배달을 하는 모양이었다. 그렇다고는 하나 금방 얼어버릴 꽃을 대문 앞에 두고 오라고 할 수도 없었다. 교통도 불편한 동네였다. 꽃바구니를 집으로 가져갔다가 다음 날 다시 갖다주기를 바라기도 쉽지는 않았다. 주변에 맡길 만한 곳도 마땅히 없다고 했다. 이러저러 난감했다. 날씨는 점점 더 추워졌다. 나는 주문자에게 물어보고 연락을 해주겠노라 말하며 전화를 끊었다. 전화를 받은 K선생은 잠시 망설이는가 싶더니 이내 자신의 생각을 전해주었다.

"배달하는 분이 얼마나 춥겠어요. 그냥 대문 앞 적당한 곳에 놔두고 얼른 퇴근하라고 하세요. 받을 분께는 제가 따로 전화할게요."

K선생의 차분한 목소리는 배달사원을 먼저 염려하고 있었다. 말은 고마웠지만 그렇게 할 수는 없었다. 꽃이 금방 얼어버린다는 걸 그녀도 알 것이다. 그러면서도 추위에 떨고 있을 배달원과 난처해하는 나를 걱정했다. 꽃을 받을 분도 마음을 먼저 받는 분이라 이해할 것이라며 외려 나를 다독이니 더는 고집을 부릴 수가 없었다.

퇴근하여 집에 도착할 때까지 머릿속은 온통 꽃 생각으로 시끄러웠다. 지금쯤 얼어버렸을 꽃. 받을 분에게 다시 전화를 걸어볼까 했지만 주인공은 축하연 뒤풀이로 정신이 없을 것이었다. 좋은 방법이 떠오른다면 모를까, K선생에게 내 마음이 이렇다고 설명하는 것 또한 부질없는 일이었다.

잠들기 전, 거래처에서 배달 전 보내온 꽃 사진을 들여다보았다. 여느 때보다 화사하고 소담스러워 보였다. 다홍색 안스리움과 분홍 장미, 연두 소국과 연보라 스토크로 잘 어우러진 꽃바구니. 축하연을 마치고 집으로 돌아온 주인공은 대문 앞에서 얼어버린 꽃바구니를 보고 어떤 기분이었을까.

상대를 먼저 생각하며 산다는 것은 쉬운 일이 아니다. 꽃이 망가진다는 걸 알면서도 추위에 떨고 있을 누군가를 위한다는 것이 어디 말처럼 쉬운 일인가.

모처럼 산책을 나섰다. 바깥 기온은 0도다. 물이 얼음이 될 수도, 얼음이 물이 되기도 하는 중용의 온도. 나는 어느 쪽으로 기울어야 좋을지. 누구는 화분을 건네주며 욕을 먹고 누군 얼어버릴 꽃바구니를 대문 앞에 내려놓고도 따뜻한 배려를 받았다. 내가 주문자라면 어느 쪽일까. 쉽게 답하기는 어렵다. 넘치지도 부족하지도 않은 중간 정도의 사람이고 싶지만, 그것 또한 쉬운 일은 아니지 싶다.

향기 없는 질투

출근길에 야생화 농장을 하는 둘째언니한테서 시클라멘을 얻어왔다. 언니는 출하시기를 놓쳐 제 가격을 받기가 어렵다고 여섯 개들이 한 판을 그냥 가져가라며 내 차에 실어주었다. 그렇잖아도 겨울에는 꽃 핀 식물이 드물어 화원 안이 썰렁했는데 잘 되었다 싶었다. 자동차 안이 금방 싱그러워지는 느낌이었다.

시클라멘은 겨울부터 다음 해 여름까지 쉬지 않고 꽃을 피워 집안에 들여놓고 관상하기에 좋은 다년생 식물이다. 우리나라에는 1910년대에 들어왔고 그때부터 꾸준히 사랑받는 꽃이지만 관리 요령을 몰라 꽃 피는 시기가 지나면 다음 꽃을 못 보고 보내는 경우가 많다. 감자 모양의 덩이에서 식물체가 자라 흙 위로는 이파리와 꽃이 기다란 줄기를 통해 나란히 뻗어 나온다. 보통 예닐곱 개의 줄기에 한 송이씩 매달려 활짝 핀 시클라멘 꽃은 꽃의 방향이 바닥을 향하고 있어 모양을 관찰하기가 쉽지 않다. 부끄러운 것일까, '수줍음'이란 꽃말은 그렇게 탄생되었는지도 모를 일이다. 또 다른 꽃말은 '질투'이다. 나는 시클라멘을 보면서 '수줍음'이나 '질투'를 연상하기에는 다소 억지가 있다는 생각이 들었다. 그 꽃이 주는 이미지가 강렬하기 때문이다. 흰 색과 분홍, 짙은 빨강, 붉은 자주색의 꽃을 피우는 시클라멘은 그 줄기가 통통하고 이파리마저 얼룩덜룩하여 수줍음과는 거리가 있어 보인다. 오히려 심장 모양의 이파리 사이로 힘차게 뻗은 줄기에서 꽃을 피우는 것이 자신감에 가득 찬 젊은이의 기상을 떠올리게 한다.

화원에 오는 손님들은 꽃을 사가며 간혹 꽃말을 물어와 나를 적잖이 당황하게 한다. 꽃말을 일일이 기억하지 못하는 나는 꽃에 별명을 붙인 것이 마뜩찮다는 이유를 대며 관심을 두지 않았다. 꽃말을 물어오면 마지못해 그 꽃을 보며 느껴지는 이미지가 무엇인지 손님께 되물으면서 즉석에서 어울리는 꽃말을 만들어 보기도 한다. 다행히 손님은 새롭게 탄생한 꽃말에 만족해하지만 애초에 꽃말을 만든 이가 나의 이런 예의 없는 행동을 보게 된다면 뭐라고 할까.

하지만 시클라멘의 전설을 읽다보면 나도 그 꽃말의 의미와 함께 꽃의 모양이 뜻하는 바를 알 것도 같다. 오래 전 하늘나라의 여신과 양치기 청년이 사랑을 하였다. 청년은 여신의 사랑을 독차지했지만 곧 여신에게 싫증을 느꼈다. 양들에게 먹일 풀이 모자라 이곳저곳을 찾아다니느라 만나러 올 시간이 없었노라 둘러대지만 그의 거짓말은 금세 탄로

나고 만다. 가까이에 사는 다른 여신에게 마음을 온통 주고 있었던 것이다. 여신은 양치기의 배신에 가슴앓이를 하며 시름시름 야위어갔다. 보다 못한 친구들이 슬픔을 잊기 위한 방법이라며 여신에게 입고 있던 옷을 벗어버리기를 권했다. 떠나버린 사랑을 지우기 위해 여신이 그와 함께했던 기억을 지워버리듯 입고 있던 옷을 벗어버리자 거짓말처럼 마음이 편안해졌고, 그 옷이 땅에 떨어지며 사라진 자리에 시클라멘 한 송이가 피어났다는 이야기이다.

시클라멘 한 분을 판에서 꺼내 작업대 위에 올려놓았다. 화분 가득한 꽃과 이파리 사이로 핑크빛 물을 들인 여러 개의 어린 꽃송이가 뾰족하게 말려 올라오는 중이었다.

아픔이 없는 과정이란 없는 것 같다. 다만 그것을 견디는 것일 뿐이다. 꽃이 시들면 생이 끝난 것 같지만 그때서야 시작하려 기지개를 켜는 꽃들도 있다. 그런가 하면 한창 피어날 것 같은 꽃이 하룻밤 사이 아무도 모르게 사그라지기도 한다. 모든 것은 동전의 양면과 같아서 앞면을 볼 때 뒷면의 표정이 어떤지는 읽을 수가 없다. 내가 어느 쪽을 보느냐에 따라 행과 불행이 결정지어진다. 마음에 드는 꽃이라도 거리를 유지하는 게 좋을 것이다. 욕심낸다고 온전히 내 것이 될 수는 없기 때문이다. 어쩌면 있는 자리에 놓고 보는 이유도 그때문이 아닌가 한다. 무거울 땐 벗어버려도 좋다. 떠나간 것에 연연하다 코앞의 행운을 놓쳐버리는 것처럼 안타까운 일은 없기 때문이다.

햇빛이 잘 드는 통유리 쪽 진열장에 시클라멘을 옮겨놓았다. 빨강과

진달래색, 다홍빛깔의 시클라멘이 꼿꼿한 꽃대를 밀어올려 이파리 위에 봉긋이 올라섰다. 양치기의 배신한 사랑을 알고 그 미련을 벗어버린 후 홀가분해진 여신처럼, 시클라멘은 내려놓는 법을 알기에 뜨거운 한여름 혹여 휴면기를 보내게 되더라도 다음 꽃을 포기하지는 않을 것이다. 수그린 꽃잎 안에 씨앗주머니를 숨긴 채 때를 기다리는 시클라멘이 기특하기만 하다. 햇살을 받은 꽃잎이 더욱 화사하다.

호일당好日堂 방문기

2014년 12월 12일 낮 12시. 짧은 시를 모아 시집 출간을 준비 중인 K 선생의 부탁으로 일일 기사가 되어 우이동으로 향했다. 시집에 들어갈 평설을 써주시기로 한 시인 박희진 선생을 만나기 위해서였다. 관여 선생님도 함께였다. 박희진 선생은 문화예술원 회원이며 우리나라에서 손꼽히는 시인이다. 선생을 직접 만날 수 있다는 기대는 그리 크지 않았다. 선생에 대해 잘 모르는 것도 이유라면 이유였다. 평소 가깝게 지냈던 이로부터 선생의 시집을 선물 받은 적이 있지만 그 분의 시를 이해하지 못할 때였고 더군다나 나에게는 읽히는 시가 아니어서 두어 편 읽고 책장에 꽂아두었었다. 날짜가 가까워오자 시집 생각이 났고 서둘러 찾아보았다. 작가와 이야기를 나누려면 작품을 기억해 두었다가 대화를 잇는 것도 의미 있는 일이고 무엇보다도 작가에 대한 예의라고 생각했다. 하지만 나는 끝내 많지 않은 나의 책더미 속에서 선생의 시집을 찾지 못하였다.

선생이 사는 우이동에는 약속시간보다 30여 분 일찍 도착했다. 서둘러 온 탓도 있었겠지만 웬일인지 서울의 도로가 평소와 다르게 막히지 않았다. 관여 선생님은 '이 근처에 여운형 선생의 묘가 있지, 아마' 하셨고 K선생도 알고 있다는 듯 근처에 둘레길이 잘 조성되었다는 설명을 하였다.

주차를 하고 주위를 둘러보았다. 조용한 마을이다. 새소리에 자동차 소리가 묻힐 듯 한적한 산 아래 동네, 박희진 선생이 기거하는 한 동짜리 아파트는 그야말로 입구부터 깔끔하고 아늑했다. 엘리베이터에서 내려 벨을 누르고 한참을 기다렸다. 인기척이 없었다. 다시 벨을 누르려 했을 때 문이 열렸다. 선생은 지팡이를 짚고 계셨다. 그러고 보니 척추수술이 잘못되어 걷는 게 불편하다는 말을 들었던 것도 같다.

우리가 거실로 들어섰을 때, 인수봉과 북한산 줄기가 한눈에 보이는 베란다 안으로 햇살이 동무하듯 들어앉았다. 기다란 소파 맞은편 텔레비전 아래로 거봉감 세 개가 햇살을 받아 반짝였다. 무채색뿐인 집안에 꽃이 핀 듯 감은 화사한 빛을 뿜어냈다. 선생은 우리에게 자리를 권하고는 차를 대접하겠노라 말씀하시며 주방으로 향했다. 나는 걸음이 불편한 선생을 도와 차를 준비했고 관여 선생님과 K선생은 박 선생님의 집안을 천천히 둘러보았다. 나도 찻물을 끓이면서 곁눈질로 이곳저곳을 살펴보았다. 비교적 정돈이 잘된 집이다. 무엇보다도 널따란 창이 많아 수시로 바깥을 내다볼 수 있어서 좋았다. 눈을 두는 대로 풍경이 마주하니 혼자 지내는 선생이 그나마 덜 적적할 것이라 생각되었다.

얼핏, 고문화 전시실에 와 있는 착각이 들 만큼 방마다 방대한 분량의 책들과 갖가지 골동품들이 저마다 알맞은 자리에 놓여 있어, 보는 이로 하여금 절로 고개를 끄덕이게 했다. 나는 특히 철불의 두상에 관심이 갔다. 가만히 바라보면 조용히 말을 걸어올 것만 같았다. 그 외 도자기로 구운 불상과 작은 석불 등 다양한 불상들이 그 분의 불심을 짐작케 했다.

찻물을 끓이는 동안 쟁반에 각기 다른 찻잔을 올려놓는다. 모양과 크기가 다른 찻잔이 전체로 보면 또 다른 하나다. 오늘 만난 우리도 이 공간에서는 하나인 양 어울림이 알맞았다. 혼자 지내는 선생의 생활이 얼마나 간소하고 단출한지 알 수 있는 주방이었다. 가스레인지의 불을 끄면서 개수대를 들여다보았다. 라면 한 개 끓여먹을 크기의 양은냄비에 수저만이 달랑 담겨 있었다. 반찬 그릇도 다른 어떤 접시도 보이지 않는다. 선생도 이제는 누군가의 도움이 필요하다는 생각이 들었다.

평생 독신으로 살아오신 선생은 창작을 멈추지 않았다고 한다. 그것이 자신과의 약속이었고 그 약속은 거의 지켜졌다. 한참 많이 쓸 때는 1년에 두 권의 시집을 냈다는 말이 믿기지 않았다. '그야말로 시는 여러 말을 줄여서 상대의 사상이나 의식을 단번에 전달하는 문학이 아니던가. 글을 늘려 쓰는 것도 힘들지만 긴 글을 짧게 압축시키는 일은 더더욱 어렵다. 그런 작업을 끊임없이 해오며 거의 어기지 않고 계획한 바대로 살아왔다'는 그 분의 성실함에 감탄했다.

선생은 오로지 시를 쓰기 위해 사는 분이었다. 어느 순간부터 나는 선생의 말씀을 받아적고 있었다. '쓰는 힘이 사는 힘'이라고 하셨다. '시에 집착하고 그것을 쓸 수 있다는 것이 사는 이유이며 살아가는 데 필요한 에너지'라는 것이다. 시는 '존재'이고 존재하는 모든 것은 생명이 있다 하시며 '생명을 가진 물체만이 존재'라고 말하는 선생은 '시를 안 쓰면 그 순간은 죽은 거'라고 말씀하셨다. 그 어떤 영양가 있는 음식보다도 시를 써야 한다는 일념이 선생을 살게 했다는 것이다. 최선의 언어에 도달해야 완벽한 시가 된다고 말하며 선생은 릴케를 불러들였다.

"시는 하나의 존재다."

선생은 또한 사르트르의 문학이론을 재밌게 읽었다며 '시는 자랑하기 위해 쓰는 게 아니다. 아무리 일리 있는 말이어도 완벽성이 있어야 한 편의 시가 된다'고 말씀하셨다. 또한 선생은 영국의 낭만주의 시인이자 비평가인 새뮤얼 테일러 콜리지의 '시는 최선의 질서가 부여된 최선의 언어다'라는 말을 빗대며 그렇지 않은 시는 '죽은 시'라고 했다.

릴케를 통해 시를 배웠다는 박희진 선생은 '무엇보다도 내 본질에 닿은 것이 중요하다'는 말씀을 하며 찻잔에 입을 대었다. 하얀 수염 위로 김이 피어올랐다. 차를 한 모금 마신 선생은 '동서고금의 위대한 사람들과 소통하는 시간이 독서다. 하루도 독서를 하지 않으면 안 된다. 지금도 나는 잠들기 전에 『노자』 한 장씩 읽고 잔다'며 독서의 중요성에 대해서도 언급했다.

한 편의 시에는 그 시인의 영혼의 구조가 모두 나타나 있다고 했던가. 아직 박희진 선생의 시를 헤아리지 못하는 나로선 그 분의 말 한마디 한마디가 새로우며 특수한 언어처럼 들려왔다. '너 자신을 알라'고 한 소크라테스의 말은 모든 이들이 명심해야 할 말이라고 한다. 시인은 우리에게 잠시 구경시키고 싶은 곳이 있으니 따라오라고 했다. 시인이 걸음을 옮길 때마다 지팡이 짚는 소리가 바닥을 울렸다. 명아주로 만든 지팡이는 손때가 묻어 번들거렸다. 뒤뚱거리며 걷는 선생의 뒷모습이 위태로웠지만 그 분의 어깨에서는 아직도 젊을 적 기개가 엿보였다.

선생은 침실로 우리를 안내했다. 남쪽과 서쪽으로 너른 창문이 나 있었다. 서쪽 창 너머로 야트막한 산에 여운형 선생의 묘가 한눈에 들어왔다. 그 풍경을 보고 이 집을 계약했다는 선생의 말을 들으며 나도 언젠가 집을 계약할 때 야경을 꿈꾸며 둘러봤던 기억이 났다. 누구에게나 어떤 상황에서 한 가지쯤 맘에 드는 것이 있게 마련이다. 그것은 그 외, 모든 것을 포기하고서라도 선택할 수밖에 없을 만큼 중요한 일이 될 수 있다. 선생에게 문학이 그렇지 않았나 싶다. 그것 외에 어떤 것도 그에게는 중요하지 않았다는 거다. 이 집은 그가 문학을 하기에 가장 알맞은 공간이었는지도 모른다.

식사시간이 한참 지났다. 나의 뱃속에서는 계속 신호가 오는데 다른 분들은 배고픔쯤이야 아무 것도 아닌 양 이야기의 끈을 놓지 않았다. 옆에 있는 K선생께 귀띔을 했다. 모두들 시계를 쳐다봤고 외출복으로 갈아입은 박희진 선생이 안방에서 걸어나오셨다. 하얀 수염의 그 분이 마치 신선과도 같았다.

우리는 선생이 자주 간다는 음식점에 도착했다. 약초를 이용한 반찬이 수를 다 헤아리지 못할 정도로 상을 가득 채웠다. 모양도 정갈하여 누구나 다시 찾고 싶을 그런 곳이었다. 식당은 빈자리가 없을 정도로 사람들로 빼곡했다. 우리가 자리를 잡을 수 있었던 것은 행운이라는 생각이 들 정도였다. 식사를 기다리는 동안에도 관여 선생과 박희진 선생은 이런저런 문학 이야기이며 작가들에 관한 이야기를 주고받았다. 나는 통유리창 너머 하늘을 내다보았다. 침침하고 어둑한 것이 금방이라도 함박눈이 한바탕 쏟아질 기세였다.

우리가 식사를 하는 사이 약속처럼 창밖엔 함박눈이 펑펑 내리고 있었다. 하염없이 내렸다. 회색빛 하늘을 가득 메운 함박눈은 식사를 끝내고 후식을 마친 다음에도 그렇게 내렸다. 끝없이 내려 세상을 모두 덮어버릴 것만 같았다.

꿈속을 거닐다온 기분이다. 자꾸만 현실과는 왠지 동떨어진 곳에 다녀온 느낌이다. 그곳을 다녀온 후 나는 고독에 대해 생각해보았다. 외로움에 대해서도 생각해보았다. 또한 예기치 않은 인연에 대해서도 깊이 고민하였다. 자기가 하고 싶은 일에 몰입하는 이들은 고독과 외로움을 외려 즐기려 한다. 그것 때문에 삶에 그늘이 생길지라도 그것 때문에 여정이 흔들리지는 않는다. 문득 그 분이 결혼을 하셨어도 이런 생활이 가능했을까, 하는 생각을 하며 나는 머쓱하게 혼자 웃었다. 박희진 선생은 아마도 산을 벗 삼고 햇살과 동무하며 시를 썼으니 한시도 적적하지 않은 시간을 보냈을지도 모르겠다. 그 분의 고독과 외로움은 오히려 창작에 도움이 되었을 터이다. 어느 날 예기치 않았던 손님이 호일당에 찾아오면 선생은 아랫목에 밀어두었던 시 한 편을 꺼내 이야기하며 소일하셨을 것이다. 우리도 그 중 한 사람이었다. 번잡하게 움직이며 족적을 남기는 이들과 다르다. 고요한 바람처럼 그렇게 만나고 헤어지는 사이. 요란하지 않아도 되는 그런 만남이어서 기분 좋았다.

그 집 택호가 그래서 '호일당好日堂'이었던가 싶다.

그는 어디로 갔을까

어느 해 겨울, 한 횟집에서 보았던 그림 하나가 가끔 나의 기억을 헤집는다. 새벽녘인 듯, 그림은 전체적으로 푸른 빛을 띠었다. 몽환적이라고나 할까. 그림 속 대나무 숲 풍경은 볼수록 묘하게 내 마음을 끌어당겼다.

그 숲에는 싸락눈이 내리고 있다. 오래 돼 보이는 대여섯 채의 집들이 대나무 숲을 따라 나란히 늘어서 있다. 숲으로 가는 길 한편에 낡은 벤치가 있고 아무도 살고 있지 않을 듯한 마을 어귀에는 눈을 뒤집어쓴 채 걸어가는 사람이 있다. 남자인지 여자인지, 야윈 뒷모습에는 아련한 슬픔이 배어 있다. 그의 시선은 숲을 향하는 듯했다. 불쑥, 그 사람의 등 뒤로 수년 전 연락이 끊긴 C가 나타났다. C는 묵묵히 그 사람의 뒤를 따라 걷는다.

C의 일상은 고독과 동무를 한 듯 언제나 쓸쓸한 모습이었다. 언제 활기찬 모습을 보인 적이 있었나 싶을 정도로 그의 표정은 늘 어두웠다. 어려서 홍역을 앓다가 한쪽 눈을 잃은 그가 변변한 버팀목 하나 없이 시간을 거슬러 오르는 걸 여러 차례 지켜보았다. 하는 일마다 장애가 따랐고, 어쩌다 일이 좀 풀린다 싶으면 주변 사람들을 먼저 챙겼다. 훗날을 위해 돈을 모아두라고 나는 몇 번인가 충고를 했지만 매번 공염불이 되곤 했다. 사업을 하던 그가 자금난에 시달린다는 소식을 들었을 때 내 몸 하나 지탱하기도 어려웠기에 그를 위해 깊이 고민하지 못했다. 서너 해가 흐르면서 연락이 끊어졌다. 어쩌다 들리는 소문은 기괴하기조차 했지만 나는 그가 어디로 사라졌건 더는 아픔이 없기를 바랐다.

그림 속에서 불쑥 떠오른 그의 등을 바라보며 자리에 앉았다. 함께 간 문우 S가 말을 건넸지만 이명처럼 윙윙거릴 뿐 귀에 들어오지 않았다. 방금 내온 참치회 한 점을 생각없이 집어들었다. 하지만 도로 내려놓고 말았다. 어쩐 일인지 다른 음식에도 관심이 없어졌다. 입맛이 아예 사라져버렸다. 슬그머니 젓가락을 내려놓았다. 그리고 뜨거운 엽차를 천천히 마셨다. S는 연신 술잔을 기울였고, 나는 계속 그의 어깨 너머로 푸른 대나무 숲 속 그 사람을 응시했다. 왠지 그는 불안하고 초조해 보였다. 그의 웅얼거리는 소리가 들려오는 듯했다. 금방이라도 울음을 터뜨릴 기세였다. 쫓아가 무슨 일이냐고 묻고 싶었다. 그때 그가 걸음을 옮겼고 그의 외투자락이 잠시 바람에 나풀댔다. 나는 그에게서 뿜어져 나오는 푸른 향기에 이끌려 그림 안으로 빨려 들어갔다. 옷자락을 잡아보고 싶었지만 손이 닿지 않았다. 나는 한 발자국도 옮기지 못하고 대나무 숲 끄트머리쯤에서 발만 동동 굴렀다.

어쩌면 그는 나와 닮은 사람이었다. 그의 뒤를 따라가고 있는 C 또한 나라는 생각까지 들었다. 말로는 다 표현할 수 없을 고독과 외로움, 가슴 깊은 곳에 묻어둔 아픈 이야기들. 갑자기 가슴이 저려왔다. 누군가의 상처를 어루만져주지 못하고 바라보기만 하는 마음이 이럴까. 나는 나에게 스며든 그의 마음을 다독여주고 싶었다. 하지만 어떤 위로도 도리어 그에게는 거추장스러울 터여서 눈으로만 그의 움직임을 지켜볼 뿐 다른 방법이 없었다.

푸른 대나무 숲을 보면서 문득, 깊은 슬픔을 표현하기에 푸른 색만한 것이 없겠다는 생각을 했다. '푸른 색은 다 깊다. 바다도, 하늘도, 내 젊음도. 정말 조금만 슬퍼하려해도 너무 깊은 것들뿐이다'라고 했던 어느 시인의 말이 떠올랐다.

그림 속 그도 푸른 꿈을 꾸었고 그 꿈을 향해 하루도 쉬지 않고 고단한 걸음을 옮겼으리라. 지친 몸을 누일 새도 없이 하루가 열리기 무섭게 무거운 등짐을 진 채 일터를 향해 뛰었을 것이다. 그의 식구들은 점점 어두워져가는 그의 표정 따위에는 관심도 없이 그의 주머니가 턱없이 얇다고 습관처럼 불평했을 테고 아이들은 언제나 칭얼댔을 것이다.

나는 그를 바라보며 공연히 미안한 마음이 들었다. 식은 엽차 한 모금을 마시고 다시 그림으로 눈을 돌렸을 때, 그 사람은 자신을 마을 어귀에 남겨둔 채 또 하나의 몸을 끌고 지친 모습으로 대나무 숲길로 걸어가고 있었다. 그의 걸음걸이는 처음보다는 가벼워 보였다. 그는 한 번의 비틀거림도 없이 고요한 발걸음으로 천천히 멀어져갔다.

그가 숲으로 들어서자 잠시 푸른 바람이 불어왔다. 대나무 숲이 흔들렸다. 그의 머리카락이 바람에 나부끼며 앞쪽으로 쏠렸다. 슬픔이 있는 자들은 바람을 등 뒤에 두고 걷는다고 했던가. 차마 말로 표현할 수 없는 슬픔을 등에 진 사람의 무거운 발걸음. 그는 바지 주머니에 찔러넣었던 오른손을 꺼내어 머리카락을 쓸어 넘겼다. 나는 그때 그의 길고 앙상한 손가락을 얼핏 보았던 것 같다. 머리를 쓸어 넘기던 그 사람의 희고 가는 손이 베이지 색 바지 주머니 속으로 다시 들어갔다. 그는 주머니 속에서 무엇을 잡았을까. 내 주머니 속에 든 것과 같을 수도 있다는 생각에 머물자 목울대가 아파왔다. 삶이 힘들다고 느끼면 나는 습관적으로 주머니를 뒤적였다. 거기에는 오래 전에 넣어둔 먼 곳으로 가는 기차표 한 장이 꼬깃꼬깃 접혀 있었다.

갈증이 일어 다시 엽차를 마셨다. 그리고 그의 모습을 다시 찾았을 때, 푸른 대나무 숲으로 걸어가던 또 하나의 그 사람은 사라지고 없었다.

그는 어디로 갔을까. 대나무 숲 너머 푸른 바다로 간 것일까. 나는 눈을 감았다. 그를 다시 찾지 않기로 했다. 그때 환청처럼, '이제는 너도 가던 길을 가라'는 말이 또렷하게 들려왔다.

참치회를 먹으러 간 횟집에서 참치회는 한 점도 먹지 못했다. 앞에 앉은 친구는 벌써 얼굴이 불그스름했다. 참치횟집 문을 밀고 밖으로 나왔을 때 푸른 대나무 숲에 불었던 눈보라가 나의 어깨를 슬쩍 스치고 지나갔다.

고양이가 왔다

고양이가 왔다. 작고 앙증맞은 페르시안 고양이 친칠라다. 집을 나온 것인지 길을 잃은 건지 몰골이 꾀죄죄했다. 제대로 먹지 못해서일까, 몸이 앙상하고 무척 가벼웠으며 움직임이 위태로워 보였다.

고양이가 우리 집에 온 것은 조카딸 때문이다. 두세 달쯤 서울에 일하러 다니게 된 조카는 둘째언니의 딸로, 당분간 나와 함께 지내기로 했다. 다세대주택 현관 앞에 쓰러져 있는 고양이를 조카는 그냥 지나치지 못했다. 자기 집에서도 '홍차'라는 러시안블루 한 마리를 키우고 있다. 내가 집안에서 애완동물을 키우는 것을 좋아하지 않는다는 것을 알고 있는 조카는 선수를 쳤다. 불쌍해서 데리고 왔는데 인터넷 사이트에 사진 등 정보를 올려 반드시 주인을 찾아줄 것이라 했다. 그래도 데리고 있는 동안은 건강해야겠기에 병원에서 간단한 검진을 마쳤다고 말하며 간식과 사료를 가방에서 꺼내놓았다.

나는 대전에 사는 여동생 딸과 열댓 평 남짓한 좁은 집에서 1년 넘게 살고 있다. 이제 거기에 언니의 딸과 고양이 한 마리까지 더해졌다. 가뜩이나 비좁아진 내 공간을, 사람도 아닌 짐승에게 일부 내주어야 할지도 모른다는 생각에 신경이 쓰였다.

아이들은 어느새 고양이 사료와 배변용 모래를 준비했고 목욕을 시키기 위해 전용 샴푸와 린스도 장만했다. 욕실로 들어가 고양이를 씻기며 연신 뭐라고 말을 걸었다. 그럴 때마다 고양이는 대답을 하듯 야옹거렸다. 그러면 아이들은 더더욱 따뜻하게 말을 건넸다. 그리고는 깨끗하게 삶아놓은 수건으로 고양이 몸의 물기를 닦아주었다. 신경에 거슬렸다. 수건 한 장이 문제가 아니었다. 왠지 찜찜했다.

집안 일을 하면서 슬쩍 고양이를 내려다보았다. 녀석은 얼마 전 새로 구입한 러그 위에 누워 눈을 깜박이고 있었다. 수의사 말로는 두세 살쯤 된 암컷으로 첫 새끼를 낳았고 이제 막 새끼들의 젖을 뗀 것 같다고 했다. 바닥에 납작 엎드린 고양이는 만사가 귀찮다는 듯, 하지만 너무나도 편안한 모습으로 잠에 빠졌다. 내가 아는 고양이는 한시도 경계심을 놓지 않는다. 예민하고 민첩하다. 쉽사리 곁을 주지도 않는다. 다른 고양이에 비해 사교적인 편인 친칠라라지만 완전히 무장해제한 고양이가 어쩐지 안쓰러웠다. 혹 자기를 좋아해주는 사람을 찾아 헤맨 것은 아니었을까 하는 생각이 들어서다.

동물을 좋아하지만 집안에서 키우는 것은 달갑지가 않다. 털이 날리고 냄새도 날 뿐더러, 무엇보다도 그들과 살을 맞대며 산다는 것이 불편하다. 햇살이 환한 어느 날, 언니 집에서 밥상 위를 떠다니는 고양이 털을 본 적이 있다. 나는 슬그머니 수저를 내려놓고 말았다. 귀여울 때 쓰다듬어줄 용의는 있으나 그들의 생활에 관여하고 신경써줄 여유가 나에게는 없다. 고양이에게 양질의 간식을 줄 수 있는 경제적 여건도 되지 못한다. 그런 형편에 말도 통하지 않는 동물을 키우다가 아프기라도 하면 그 비용을 또 어쩔 것인가. 그런 모든 걸 떠나서 불쌍한 고양이가 혹여 우리가 집을 비운 사이 변을 당할까 걱정도 되었다. 빨리 주인을 찾아주라고 말한 후 내 방으로 들어와 문을 닫아걸었다.

그런데, 잠깐 동안의 대면이었는데도 자꾸만 녀석이 눈에 아른거리는 것이다. 아이들은 '야양'이라는 이름을 지어주었다. 말을 걸면 꼭 '야옹' 하고 대답을 했다. 훈련이 잘된 것인지, 살기 위한 나름의 방편인지 모를 일이다. 강아지는 훈련이 가능하지만 고양이를 훈련시키는 일은 쉽지 않다고 한다. 주인에게 평생 충성을 다하는 강아지에 비해 고양이는 곧잘 주인을 배반한다는 말도 가끔 들었다. 그러나 이 고양이는 온순하며 귀여운 데다 건네는 말에 반응까지 보이니 내 마음이 조금은 흔들렸다.

좁은 방에서 조카딸 둘과 '야양'이가 함께 잤다. 밤 늦도록 아이들은 깔깔대며 녀석과 함께 놀아주었다. 다음 날 아침 거실에는 이미 고양이 화장실로 쓰이는 큼지막한 종이박스가 한 자리를 차지하고 있었다. 나는 고개를 가로저으며 출근했다. 그런데 종일토록 고양이 안부가 궁금했다. 일이 있어 잠시 가게를 나온 나는 용무를 마치기가 무섭게 집에 들르고야 말았다. 녀석은 자고 있었다. 내가 머리를 쓰다듬으니 눈을 뜨면서 '야옹' 했다. 나는 나도 모르게 녀석에게 말을 걸고야 말았다.

"잘 있었어? 불편하지는 않았고?"

고양이는 나와 눈을 마주치며 '야옹' 하고 답을 했다.

녀석에게 차츰 정이 들고 있다. 정 들면 떼어내기 힘들다고들 하던데 나는 이미 선을 넘은 듯하다. 조카딸은 눈치를 채고는 기회라는 듯 배설물 처리 등 내가 할 수 없는 부분을 자기가 책임지고 할 테니 주인이 나타나지 않으면 집에서 키우게 해달라고 했다. 아이의 눈빛이 간절했다. 나는 선뜻 대답을 하지 않았다. 고양이에게 내 생활의 일부를 할애한다는 것이 여전히 내키지 않았기 때문이다. 내 몸 하나 건사하기도 힘든 요즘, 객이 늘어 반가울 게 없다. 고양이가 나에게 약간의 즐거움을 줄 수는 있겠지만 좋은 일만 있으라는 보장도 없다. 각자 생활에 쫓겨 몸만 겨우 눕혔다가 바삐 빠져나가는 우리 집 현실에 고양이라니. 아무도 없는 집 안에서의 녀석의 고독한 시간까지는 아이들이 생각하지 못한 것이다. 다시 생각해도 이건 아니었다.

녀석이 원망스러웠다. 하필 우리 집이고 하필 내 조카의 눈에 띈 걸까. 머리 큰 아이를 나무랄 수도 없고 속이 탔다. 어쩌면 고양이는 우리와 함께 잘 살 수도 있다. 조카네의 고양이 '홍차'가 가족의 냉대를 받다가 서서히 집안 식구가 될 수 있었듯이 가장 꺼려하던 내가 녀석 없이는 한시도 살 수 없는 변덕쟁이가 될는지 누가 알겠는가. 하지만 그래도 이건 안 될 일이다. 나는 아이들에게 주인을 찾지 못하면 입양시킬 것을 강조했다.

그런데 이건 무슨 조화 속일까. 선홍색 발바닥을 펴 보이며 동그란 눈을 깜박이는 녀석의 모습이 종일 눈에 삼삼한 것은.

봄 선물

올해도 그는 개나리 가지를 한 아름 꺾어들고 화원 안으로 성큼 들어왔다.

2월 어느 수요일 정오쯤이었다. 그는 작업대에 그것들을 올려놓고 능숙한 손놀림으로 가지를 손질한 뒤 10센티 가량의 정사각형 유리 화기에 물 먹은 프로랄폼을 담았다. 손질한 나뭇가지를 폼에 꽂은 다음 테이블에 올려놓으며 화원을 오가는 손님에게 봄 선물로 나누어주면 좋을 것이라고 말했다. 그리고 모양과 크기가 비슷한 꽃가지 몇 묶음을 더 만들어 놓았다. 기다란 개나리 줄기에 촘촘하게 돋아 있는 좁쌀만한 꽃주머니들을 난롯가에 앉아 지그시 바라보았다. 봄이 성큼 내 앞으로 걸어오는 느낌이었다.

가끔은 누군가가 나를 위해 보이지 않는 기도를 해준다는 느낌이 들

때가 있다. 왠지 그가 그 중 한 사람일 거라고 생각되었다. 옆 동네에 사는 그는 내가 직원 없이 화원을 운영하기로 결심한 후부터 일주일에 한 번꼴로 찾아와 서너 시간쯤 조용히 나의 일을 거든다. 벌써 두어 달째다. 환갑을 넘기고도 모 회사의 대표이사로 활발한 활동을 하고 있는 그가 그렇게 허드렛일을 마다하지 않을 때면 몸들 바를 모르겠다. 이런 나의 부담감에는 아랑곳없이 그는 묵묵하게 하던 일을 계속할 뿐이다.

처음에는 다른 뜻이 있으려니 했다. 그가 기독교인이니 나에게 전도를 하려고 저러나, 아니면 한창 재미를 붙이고 있는 마스터가드너 일에 도움이 될 만한 일을 연습 삼아 해보려는 것일까, 하는 생각이 그것이었다. 그런데 그도저도 아니었다. 그는 단지 혼자 종종거리며 일하는 나를 도와주려는 것뿐이었다. 이번에도 미처 손길이 가지 않은 곳을 귀신같이 찾아내 정리해주었다. 나는 점점 그의 도움에 익숙해져 가고 있었다.

기억을 더듬어보니 이곳으로 이사오기 전 화원이 갑작스레 기운 무렵부터였던 것 같다. 그가 겨울의 끝자락에서 개나리 묶음을 들고 나의 화원을 찾아왔던 것이. 어쩌면 그는 잊을 만하면 삶의 밑바닥을 치곤하는 나에게 무언가 선물을 하고 싶었던가 보다. 그 개나리 묶음은 비록 넘어져 무릎이 깨져도 언제나처럼 우뚝 일어설 것을 믿고 있다는 것을 말없이 보여주는 신표信標 같았다. 개나리의 꽃말은 '희망'이다. 서양에서는 골든벨Goldenbell이라고 불리기도 하는데 봄을 알리는 맑은 종소리가 들리는 듯하여 붙여졌다고 한다. 이유가 어디에 있든 '희망'이라는 개나리의 꽃말이 나는 마음에 든다. 그가 긴 겨울의 웅크림 속에 있는 내게 선물한 그것은 좌절에서 일어나라는 무언의 격려와 희망의 메시지였는지도 모른다. 한 번쯤 인생의 골든벨을 울려주고 싶은 간절한 바람에서였을까.

그는 7년 남짓 함께 문학활동을 하던 문우이다. 그가 등단 후 얼마 되지 않아 붓을 꺾었다. 5년 전 일이다. 어떤 상처가 있었는지 누구도 묻지 않았다. 나 역시 그에게 어떤 말도 하지 않았다. 하지만 나는 그가 언젠가는 다시 붓을 들 것이라는 믿음을 버리지 않고 있다.

그가 개나리 묶음을 두고 간 지 2주 가량 되었다. 따뜻한 실내온도 탓인가. 쌀알 같던 봉오리가 병아리 주둥이처럼 일제히 꽃잎을 내밀었다. 가지마다 수십 개의 작은 황금종이 달렸다. 화원은 온통 노란 꽃으로 가득했고 꽃을 받아든 손님들은 특별한 선물이라며 고마워했다. 나는 그 덕분에 다른 사람보다 봄소식을 먼저 건네는 인심 후한 꽃집 주인이 되었다.

어느 나른한 오후였다. 밀려드는 식곤증에 정신이 가물거리다가 설핏 잠이 들었다. 나는 조선시대 과거시험장에 앉아 있었다. 저만큼 떨어진 자리에 그의 모습도 보였다. 그가 먹을 갈더니 일필휘지하듯 거침없이 써 내려갔다. 붓을 내려놓고 문장을 살펴보는 그의 모습이 사뭇 신중했다. 과장을 나와 우리 두 사람의 급제를 기원하며 서성이고 있는데 문득 어사화가 꽂힌 관모를 쓴 그의 모습이 보였다. 어사화가 잠시 흔들리는가 싶은 때 갑자기 울려대는 종소리에 그만 잠이 깨고 말았다.

꿈인지 생시인지 잘 구분이 되지 않아 두리번거렸다. 햇살 가득한 테이블 위에서 황금종 수십 개가 빛나고 있었다.

바깥세상에도 개나리가 피었다. 묵묵히 지켜본 여러 문우들의 응원이 그에게 닿았는지 근 한 달 만에 들른 그가 수필 원고 하나를 슬며시 내놓았다. 문득 얼마 전 꿈이 떠올랐다. 어쩌면 그 꿈은 다시 글쓰기를 시작한 그의 문운이 트일 것이라는 것을 암시하는 길몽이었는지도 모른다는 생각이 들었다.

그가 준 봄 선물을 바라보며 화원을 가득 울리는 골든벨 소리에 취한다. 나른한 행복감이 밀려온다.

나르시스의 미소

바람이 분다. 바람결에 꽃잎이 흔들린다. 눈발을 맞으며 성장해 눈 속에서 꽃을 피우는 수선화, 산책을 하던 중 어느 집 화단 앞에 서서 그 꽃을 만났다. 다른 식물보다 많은 물을 필요로 하기에 개울가에서 자주 마주친다고 하지만 수선화는 물가에서만 자라는 것이 아니다.

해가 바뀔 때마다 기다려지는 꽃이 있다. 그 중 빠지지 않는 꽃이 수선화이다. 이른 새벽 꽃시장에 가면 주위를 둘러보고 수선화 화분이 눈에 띄면 망설임 없이 한 판을 골라 차에 싣는다. 팔리면 손님의 것이고 팔리지 않으면 몽땅 내 것이 된다. 관상하다가 꽃이 지면 화단에 옮겨 심는다. 성질이 까다롭지 않은 수선화는 어느 정도 수분만 있으면 아무 곳에서나 잘 자라서 재고가 남아도 계속 볼 수 있으니 아깝지가 않은 꽃이다. 이문을 남겨야겠다는 생각은 아예 뒤로 밀어둔다. 꽃이 일제히 환하게 웃는 날은 갑자기 부자가 된 듯 가슴이 풍선처럼 부풀어 오르기도 한다.

하늘에 사는 신선을 천선天仙이라 하고 땅에 사는 신선을 지선地仙이라 부른다. 그렇다면 수선水仙화는 물에 사는 신선이라고 불러도 되지 않을까.

꽃이 피기 전의 수선화는 얼핏 난초 잎을 보는 듯하다. 날렵한 잎은 뿌리줄기에서 모여 나는데, 촘촘하고 가지런하여 볼수록 싱그럽다. 촛대처럼 곧게 뻗어 올라온 꽃대 끝에 꽃송이가 맺혔다가 서두르지 않고 피어난다. 모든 꽃들이 그러하듯 무리지어 피어난 꽃은 보는 이를 환호하게 한다.

알뿌리 식물인 수선화는 여러해살이풀로 꽃말은 '자존'이다. 그 외 자아도취, 가르침, 자애로도 알려져 있다. 나는 수선화의 꽃말 중 '자애'를 가장 좋아한다. 나르시스를 굳이 떠올리지 않더라도 그저 '자기를 사랑한다'는 말에 마음이 간다. 나를 사랑한다는 것은 남을 사랑할 줄도 안다는 의미이기도 하다. 나를 사랑하지 않는 이가 남을 아끼는 경우는 그리 흔치 않다. 그렇기에 수선화의 꽃말은 '모든 이의 사랑', 나아가 '모든 이의 평화'일 수도 있겠다.

원래 수선화는 중국에서 들여왔다는 설이 있지만 일부 학자들은 오래 전부터 제주도 전역에서 자랐다는 문헌을 증거로 본래 우리나라에서도 수선화가 자생했다고 주장한다. 수선화가 농지의 쑥처럼 애물단지였던 때도 있었다. 무엇이든 있어야 할 자리에 있어야 제대로 대접을 받는 것 같다. 농지를 침범한 꽃은 더 이상 꽃이 아니고 그저 잡초였을 테니까. 농번기가 오면 농부들은 수선화를 캐내느라 일손이 딸렸다고 한다. 지금은 유채가 수선화의 자리를 대신하고 있는 것 같다.

수선화는 대개 꽃잎 안쪽이 노란 색이며 꽃은 가로로 향해 핀다. 꽃 색깔은 흰 색이거나 노랑, 다홍과 담홍색이다. 나팔이나 컵 모양의 수선화 꽃이 피면 그 아름다움과 그윽한 향기가 일품이어서 예로부터 선비들은 눈밭 속에서 피어나는 수선화를 보고 글을 지으며 묵향에 젖었다고 한다. 또 이슬람교 같은 경우도 수선화를 중요한 존재로 여겼다. 무함마드의 가르침 중에 수선화가 자주 등장하는데, 그 중에 "두 개의 빵이 있는 자는 그 한 조각을 수선화와 맞바꿔라. 빵은 몸에 필요하나, 수선화는 마음에 필요하다"고 가르쳤다. 고대 그리스는 사원 장식과 장례용으로 이 꽃을 사용했다. 꽃의 크기가 작게는 1.5센티미터부터 크게는 12센티미터에 이르며 1월에서 4월까지 꽃이 피고 5월에는 결실을 본다. 관상용과 약용으로 쓰이고 요즘에는 신부용 부케로도 널리 애용되는 꽃이기도 하다.

수선화의 전설을 보면, 에코의 사랑에 응하지 않은 미소년 나르시스는 그 벌로 호수에 비친 제 모습에 반하여 바라보다가 결국 호수에 빠져 죽는다. 그가 죽은 호숫가에 수선화 하나가 피어난다. 얼마 전 인터넷 검색을 하다가 다른 이야기 하나를 찾아냈다. 나르시스에게 쌍둥이 누이동생이 있었다는 것이다. 동생이 병으로 갑자기 세상을 떠나게 되자 죽은 누이동생을 그리워하며 정처 없이 돌아다니던 나르시스가 어느 연못가에서 뜻밖의 여동생을 만나게 된다. 너무나 반가워 물속에 손을 집어넣었으나 순식간에 동생이 사라졌다. 그가 물속에서 손을 빼면 다시 동생의 얼굴이 나타나고, 손을 담그면 또 사라지고……. 기실 물속에 비친 동생은 나르시스 자신이었다. 그런 그를 가엽게 여긴 신은 나르시스가 언제까지나 누이동생을 볼 수 있도록 그를 물가에 피는 꽃으로 태어나게 하였다. 자기애自己愛 또는 자기도취증이라고 번역되는 나르시시즘narcissism은 여기서 유래한다.

화단을 흉내내듯 길쭉한 화기에 수선화를 모아 심었다. 열흘쯤이나 지났을까? 난로 옆에 진열해놓은 수선화가 꽃잎을 열었다. 뒤따라 다른 촉에서도 붓끝 같은 봉오리가 밀려 올라왔다. 꽃대를 만지면 종알종알 매달린 꽃들이 수줍게 흔들렸다. 나는 미소년 나르시스가 연못가에서 그랬던 것처럼 가만히 수선화를 내려다보았다. 그렇게 오랫동안 바라보고 있노라면 지웠던 그리운 이의 얼굴이 떠오르려나. 문득 풍겨온 수선화의 향기가 나르시스 남매의 웃음처럼 환하게 느껴졌다.

먼저 피어난 수선화 세 대를 가위로 잘라 투명한 유리 화병에 꽂는다. 잔잔하게 번지는 나르시스의 미소가 아름답다.

언제나 5월

5월이 산으로 몰려온다. 옅은 초록색 비누거품처럼 부풀어오르며 다가온다. 저 산이 저렇듯 푸르를 줄 겨울엔들 알았으랴. 앙상한 가지에 생명의 흔적이라고는 찾아볼 수 없었던 겨울. 그 혹한의 아픔을 이기고 가지마다 연둣물이 돋았다. 5월의 산은 마침내 내 눈앞에 당당하게 서 있다. 가끔 그런 산을 보면 두렵고 무서울 때가 있었다. 어느 순간 틈새 하나 없이 초록으로 가득 차버린 산을 지켜보았을 때다. 꽁꽁 숨어버리면 아무도 찾아내지 못할 그 산으로 들어가면 나조차 길을 잃고야 말 것 같다는 생각이 들었다. 더군다나 그곳에 무엇이 살고 있을지 몰라서 더욱 무서웠다. 갑자기 산이 울리면 그 소리에도 겁이 났다. 그래서 산을 일부러 외면하기도 했다. 하지만 그럴수록 산은 내게로 다가왔다.

5월은 풍요롭다. 생명의 신비로 가득하다. 산 둘레 낮은 곳에는 개나리가, 중턱 양지녘에는 진달래가, 산벚꽃이 활짝 핀다. 이름 모를 나무들의 새로 돋은 잎들이 쉴 새 없이 흔들린다. 바람의 간지럼을 기꺼이 받아들이는 산은 그래서 어머니의 품으로 표현되기도 하는가 보다. 산이 바다를 향해 가슴을 한껏 펼치는 5월이 되면 나도 바다를 앞에 두고 선다. 산에서 일기 시작하는 바람은 귓불을 스치며 거침없이 바다를 향해 달려간다. 얼핏 새콤달콤한 와인 향이 느껴진다.

5월은 대부분의 경계가 뚜렷해지는 시기이다. 하늘은 끝 모르게 파랗고 그와 맞닿은 산과 바다의 구분이 분명하다. 주위가 점점 밝아지는 것이 느껴지는 5월에는 내 마음도 좀 더 너그러워진다. 들판의 자잘한 풀만 봐도 그렇다. 꽁꽁 얼었던 땅속에서 풀들이 바삐 움직이는 소리는 귀를 열지 않아도 쉽게 감지된다.

5월은 모든 것을 포용한다. 고양이는 더욱 느리게 걷는다. 지중해의 어느 호텔 현관 앞 벤치에 앉은 나는 포근한 햇살을 온몸으로 느끼며 한결 느긋해진다. 고양이는 그런 나의 바짓가랑이 사이를 오가며 몸을 비벼도 보고 전부터 알고 지낸 것처럼 주저없이 무릎 위로도 뛰어오른다. 고양이의 뛰어오름이 꼭 좋지도 나쁘지만도 않은 5월의 아침. 더불어 사람의 마음을 여유롭게 한다.

어느 새 시계는 정오를 지나고 있다. 바람은 간 데 없다. 가방에서 꺼낸 레몬을 한 입 깨물어본다. 과즙이 온몸을 타고 흐른다. 진한 5월의 하늘 아래에서 신맛을 놓치지 않으려 질끈 눈을 감는다. 잠시 신경질적으로 진저리를 친 것을 두고 뜨거운 태양 탓이라고는 말하지 않겠다.

이쯤에서 한쪽 눈쯤 감아준다고 세상이 변하지는 않는다. 5월의 맑은 물이 몸을 타고 흐르고 바다는 잔주름을 흔드는데 나는 먼 산을 등에 진 바닷가에서 어릴적 한 소녀를 기억해낸다.

노을이 질 때면 바다가 그리워 달음질을 했던 5월의 아이. 한동안 바다가 붉게 물들 때를 기다리며 무릎 사이에 얼굴을 묻었던 소녀는 그때보다 더 크고 넓은 터키의 안탈리아 해변에 지금 서 있는 것이다. 바람을 알고 햇살의 따스함을 고마워하며 시간의 흐름에 초조해하지 않는 쉰을 코앞에 둔 나는, 그때의 그 소녀가 지금으로 오기까지 얼마나 많은 비밀과 아픔을 가슴에 품고 살아왔는지를 알고 있다.

지금 나는 그 시절의 5월로 돌아가 소녀의 마른 등을 다독여주고 있다. 때론 모든 걸 드러내놓아도 좋다고. 아무도 너의 비밀에 관심이 없다고도 속삭여주었다. 그러니 모두 벗어버리고 털어내버리라고. 내 마음 속 아이는 무릎에 묻었던 얼굴을 천천히 들어 나를 비스듬히 올려다본다. 그 새 까맣게 그을린 얼굴로 가지런한 이를 드러내며 비스듬히 웃어주는 아이를 나는 가슴이 아프도록 끌어안는다.

대단하지는 않았지만 그렇다고 그리 나쁜 삶도 아니었다. 5월은 그 아이에게도 축복이었다. 나는 아이의 등을 다독이던 손을 나의 가슴에 댄다. 서서히 다시 뛰는 심장, 그때 바람이 한 차례 5월을 쓰다듬는다.

보드라운 모래의 감촉. 간지러운 바람의 속삭임. 바닷가로 한 걸음 옮긴 나는 5월로 더 깊이 빨려들어갈 준비를 마쳤다. 기꺼이 희디흰 맨발로 바닷물을 밟으며 즐거운 5월을 끌어안아 본다. 그때 산이 힘차게 몸을 흔들었고 바다는 굵은 주름을 넓게 펼치며 크게 웃어주었다.

●

제4부

미련한 완주

화방사우花房四友

갑작스럽게 내린 눈으로 화원이 한가하다. 지루함을 달래려 화원 안을 둘러본다. 비교적 정돈이 잘 된 진열대 위에는 크고 작은 여러 종류의 식물들이 외출을 꿈꾸며 싱그러움을 내뿜고 있다.

거기에 비해 작업대는 늘 어수선하다. 크든 작든 한 가지 일이 끝나면 주변은 쓰레기들로 너저분해진다. 댕강댕강 잘려나간 줄기며 잎, 꽃잎들이 바닥에 즐비하다.

오전 중 한 차례 소임을 마친 가위가 작업대 위에 의젓하게 앉아 있다. 손잡이가 두툼한 빨강색 가위이다. 내가 쓰는 가위는 네 개 정도다. 하나는 튼실한 전정가위로 굵은 나뭇가지거나 자르기 힘든 소재를 다룰 때 쓴다. 다른 하나는 일반 꽃줄기를 자를 때 사용하는 것으로 대부분의 작업을 담당한다. 나머지 두 개는 리본용과 포장지용이다. 두 가위는 손잡이에 각기 다른 끈을 묶어 표시를 해두어야 한다. 자칫 다른 가위와 섞어 사용하면 날이 무디어져 제 용도에 알맞게 쓰이지 못할 경우가 있다. 시간을 다투며 작업을 해야 할 때, 가위가 말을 듣지 않으면 등에서 식은땀이 난다. 그래서 리본가위와 포장지가위는 네 개 중 가장 대우를 받는다.

가시제거기는 장미 가시를 제거할 때나 거친 꽃가지의 잎을 한꺼번에 떼어낼 때 사용된다. 대개는 꽃줄기가 상할까 염려되어 일일이 손으로 잎을 따내지만 굳이 세밀한 작업을 필요로 하지 않을 경우에는 가시제거기를 쓴다. 줄기를 훑고 지나가는 가시제거기의 용맹한 질주는 속이 다 시원할 정도이다. 거침이 없다. 출발선에서 잠시 주춤하는 것은 단지 질주를 위한 워밍업일 뿐이다.

포장지는 옷을 고를 때처럼 신중하게 선택된다. 어떤 꽃에 어떤 포장지가 어울리는지는 한눈에 결정된다. 빈약한 꽃다발이라 할지라도 포장지를 잘 쓰면 품새가 달라진다. 과해도 부족해도 곤란하다. 딱 그만큼, 알맞은 양을 잘라 써야 완성도 높은 상품으로 인정받는다.

리본은 포장의 마지막을 장식한다. 경우에 따라 생략하기도 하지만 대개는 리본을 사용한다. 리본을 선택하는 일에서도 소홀할 수가 없다. 옷을 잘 차려 입은 숙녀가 브로치 하나를 왼쪽 가슴에 다는 것으로 매무시를 마무리하듯 리본은 액세서리로서 그 역할을 톡톡히 해낸다.

가위, 가시제거기, 포장지, 리본. 이들을 두고 나는 화방사우花房四友라 이름 한다.

어설픈 미련일랑 애초에 잘라버리는 가위. 그는 줄기를 자르되, 길이를 조절할 줄 안다. 한 번 자른 줄기는 다시 이을 수 없다는 것을 알기에 선부른 행동은 삼간다.

군더더기를 용납하지 않는 가시제거기는 꽃을 다루는 이의 손을 보호하는 한편 빠른 작업을 돕는다. 그는 불필요한 잎을 허용하지 않는다.

허물을 감추어주기도 하고 아름다움을 더욱 돋보이게도 하는 마법을 가진 포장지는 아픈 사람의 마음을 어루만져주고 거친 사람을 다독여 감싸 안아주는 신비의 보자기이기도 하다. 꽃을 받은 사람의 마음을 행복하게 해주는 데는 포장지의 넉넉함이 한 몫 한다 해도 틀리지 않으리라.

나는 리본을 꽃다발의 마지막 장신구라 부른다. 패션의 완성을 누군가는 구두라고 하였듯이 꽃에 있어 리본만한 액세서리는 없을 터이다.

볼이 붉은 40대 후반의 여인이 찬바람을 몰고 들어와 꽃다발을 주문한다. 친구의 피아노 연주회에 간다고 하였다. 친구에게 어울리는 꽃다발을 만들어 달라고 말하고는 난로 옆 의자에 앉는다. 꽃다발의 주인공은 키가 작고 몸이 왜소하며 성격이 시원한 봄바람을 닮은 여성이라 한다. 여인에게 커피 한 잔을 건네고 꽃냉장고를 들여다본다. 친구라면 취향이 비슷할 터이다. 나이는 들었지만 귀여운 이미지가 풍겼고 나름 젊게 살려는 쪽으로 보였다. 그런 손님에게는 앙증맞은 듯 화사한 꽃다발이 어울린다. 색이 알록달록한 꽃다발보다는 같은 색 계열의 꽃을 혼합해 묶어주면 거의는 만족해한다. 분홍색 수국과 자주색 알스트로메리아, 청색 염색 안개와 진한 분홍색 장미 다섯 송이를 꺼낸다. 그린 소재로 폴리와 레몬잎을 고른 다음, 자주색 소국 반 단을 더한다. 빠르게 움직이는 나의 손놀림을 바라보며 여인은 여유롭게 커피를 마신다.

가시제거기가 국화잎을 다듬고 장미잎을 떼어낸다. 나는 왼손에 수국과 장미를 잡고 사이사이에 알스트로메리아와 안개를 나선형으로 두른 후 자주색 소국을 덧댄다. 그린 소재를 알맞게 배치하고 손잡이를 끈으로 묶는다. 가위가 기다렸다는 듯 손잡이에서 20센티 가량을 남기고 줄기를 사선으로 자른다. 미리 마름해놓은 포장지가 전체적인 표정을 살리며 재빨리 꽃들을 끌어안는다. 뒤를 이어 리본이 자기 자리를 찾아 납작 등을 들이민다.

불과 5분여, 나와 화방사우花房四友는 일사불란하게 움직여 순식간에 일을 마쳤다. 손님은 만족해했고 잠깐 동안의 부산함이 끝났다. 작업대 위에 흐트러져 있는 가위와 가시제거기, 포장지와 리본을 제자리에 옮겨 놓은 다음 빗자루를 들어 바닥을 쓴다. 고요한 평화가 실내에 번진다.

노을

아마도 나는 붉은 멍처럼 번져가는 노을 속 가을이었는지도 몰라. 마음에 멍이 든 사람들이 걸어갔을지 모르는 그 기억의 끄트머리 어디쯤에서 붉은 노을에 물들어버린 가을. 내가 기억의 옷을 벗으면 내 몸은 온통 검붉게 물들어 있을 거야. 문득 거울에 비친 나를 보니 내 볼과 눈에도 붉은 노을이 들어 있더군.

마치 수년간 깊은 노을 속에 잠겨 있던 사람처럼 나는 아직도 그 속에 서 있어. 태양은 어느 시간쯤에서 빠른 속도로 사라졌지만 태양이 흩뿌린 붉은 빛은 여태껏 나를 감싸고 돌아. 억새밭을 훑고 나와 내 가슴을 사정없이 흔들어놓고 금세 사라진 바람 섞인 노을을 나는 기억하지.

어느 초가을, 그러니까 내가 일곱 살 때 일이야. 외가댁에 맡겨진 나는 날마다 노을을 보면서 울었어. 외할머니 제삿날 아버지 손을 잡고 서산에 있는 외가에 갔거든. 외숙모는 모처럼 만난 외사촌들과 노는 나의 손을 꼭 잡고 놔주지 않았어. 아버지는 외숙모 말씀 잘 듣고 외사촌들과 사이좋게 놀고 있으라며, 다음 장날에는 꼭 데리러 오겠다는 약속을 하고는 태안으로 가는 버스에 오르셨지. 흰 두루마기 자락을 펄럭이던 아버지를 태운 버스는 이내 붉은 노을 속으로 사라져버렸지. 나는 아버지가 버스를 타고 사라진 날부터 하늘이 빨개지면 식구들이 보고 싶어서 울었어. 다음 장날에 데리러 오겠다던 아버지의 말씀은 새빨간 거짓말이었지.

두세 번의 장날이 지나가도 아버지는 오시지 않았어. 나는 아침에 눈뜨면 버스정류장이 보이는 툇마루에 걸터앉아 아버지를 기다렸어. 외숙모는 모른 체했지만 가끔 혀를 차는 소리가 들렸지. 어린 것이 집이 그리운가 보다, 하며 괜히 잡아뒀다 하셨어. 나는 아버지가 영영 나를 버린 줄 알았어. 내가 미우니 태안에서도 한참 떨어진 서산에 나를 두고 간 것이라 생각했던 거야.

그러던 어느 날, 강원도에 살던 큰오빠가 남산 집으로 가는 도중 외가댁 툇마루에 앉아 혼자서 공기놀이를 하는 나를 버스 안에서 본 거야.

"용아, 왜 거기 혼자 있니?"

나는 고개를 들어 정류장을 건너다봤고 오빠는 새언니와 함께 환하게 웃으며 나에게 손을 흔들었어. 나는 마루 끄트머리에 놓인 운동화를 집어들었어. 토방을 내려오며 나도 데려가라고 오빠에게 크게 소리쳤지. 오빠는 다음에 아버지 오시면 같이 오라며 차창을 닫았어. 버스는 오빠를 태우고 뿌연 먼지만 남긴 채 정류장을 떠났지. 멀리 사라져가는 버스 꽁무니를 쳐다보며 마냥 달려갔어. 곧 버스를 따라잡을 것 같았지만 뛸수록 자꾸 멀어지기만 했지. 멀리 노을이 붉게 타고 있었어. 붉은 노을 속으로 그렇게 한참을 달렸을 거야.

나는 그때부터 노을을 따라가기 시작했는지도 몰라. 계속 노을 속으로 달리다 보면 거기에 우리 집이 있고 아버지 엄마가, 언니 오빠가, 자꾸만 넘어져 무릎이 피로 붉게 물든 동생이 있을 것만 같았어. 나는 계속 달렸어. 버스는 놓쳤지만 노을마저 놓칠 수는 없었지. 하지만 잡을 수가 없었어. 눈물이 그렁그렁한 눈으로 나는 노을에 짙게 물들어갔지.

그날 외숙모 댁에서는 저녁이 돼도 내가 보이지 않자 한바탕 난리가 났지. 늦도록 밭에서 일하던 이웃동네 아저씨의 경운기를 타고 캄캄한 밤에 도착했어. 외숙모는 울면서 나의 엉덩이를 두어 번 때렸을 거야. 그리고 나를 꼭 껴안아주었던 것 같아.

지금 나는 그때의 외숙모 나이쯤 되었어. 그 어린 꼬마가 떠올라 노을이 피어나는 쪽으로 발길을 돌렸어. 거리의 나무들 사이로 한 줄기 바람이 스쳐 지나가더군. 그 바람이 낯설지 않았어. 그날도 오늘처럼 바람이 불어왔으니까. 바람의 길을 따라 지금 그 길을 걷는 중이야. 노을이 점점 짙어지네. 내가 왜 이 길을 가는지, 왜 노을을 보면 가슴이 아픈지 이제야 조금 알 것도 같아.

미련한 완주

마라톤을 시작하고 2년쯤 되던 해였다. 웬만한 거리는 내가 정해놓은 시간 안에 들어올 수 있으며 기록을 어느 정도 앞당길 수도 있다는 자신감이 생겼다. 초보자들이 시시해 보이기도 했고 건강한 몸과 날렵함을 과시할 셈으로 운동복에도 신경을 쓰던 즈음 남양주에서 대회가 열렸다. 종합운동장을 출발해 남한강을 끼고 달리다가 팔당대교를 돌아서 들어오는 하프코스였다. 만반의 준비를 마친 러너들이 준비운동에 한창이었다. 함께 참가한 동호회 회원들과 몸을 풀고 출발선 위에 섰다. 컨디션은 좋은 편이었다. 이대로라면 기록을 단축할 수도 있지 싶었다. 그런데 출발한 지 얼마 되지 않아 숨이 차올랐다. 의욕이 앞선 나머지 오버페이스를 한 것이다. 뒤로 처져서 속도를 조절해보려 애를 썼지만 마음뿐이었다. 몸은 이미 내가 원하는 대로 움직여주지 않았다.

하지만 포기란 있을 수 없는 일이었다. 고비가 올 때마다 생각의 방향을 바꾸곤 했다. 일부러 여유 있는 자의 모습을 보이고 생활 속에서 가장 편안했던 때를 떠올리며 안간힘을 썼다.

반환점은 아직도 멀었는데 선두에 섰던 러너들이 들어오고 있었다. 그들 중 한 회원이 나를 보며 손을 흔들었다.

"복용씨, 얼른 달려요. 빨리 뛰고 쉬어야지, 그렇게 달려서 오늘 안에 들어올 수 있겠어?"

반환점을 돌아 5Km쯤 달렸을 때 다리에 신호가 왔다. 종아리 뒤쪽이 뭉치기 시작하더니 삽시간에 통증이 대퇴부를 타고 나선형으로 치고 올라왔다. 한 발짝이라도 더 떼면 그대로 고꾸라질 것 같았다. 그렇다고 멈출 수는 없었다. 걸으면서 다리를 주물렀다. 허사였다. 결국은 주저앉고 말았다. 내 뒤를 따라오던 이들의 도움을 받아 안전지대로 이동했다. 나는 맨바닥에 누워 그들이 하는 대로 다리를 내맡겼다. 참을 수 없는 고통이 이어졌다. 어느 정도 통증이 사라지면 다시 달릴 수 있을 줄 알았지만 더 이상 한 걸음도 옮길 수 없었고 결국 구급차에 올라야만 했다.

대개 마라톤을 인생에 비유하곤 한다. 달리다 보면 몇 번의 고비를 만나고 포기 직전까지 가기도 한다. 수도 없이 번민해야 하고, 번민의 순간을 넘겼다고 해도 또 다른 고비가 나를 시험한다. 뛰기를 포기하면 당시의 고통에서 벗어날 수 있겠지만 그 순간부터 '포기'는 주홍글씨처럼 나를 따라다니며 괴롭힌다. 인생여정도 마라톤도 중간에 포기했다는 아쉬움이 쉬이 가시지 않는다. 그러고 보면 어떤 결정도 결코 쉬운 일은 아니다.

나는 언제부턴가 글쓰기를 마라톤에 비유하고 있다. 다행히도 나는 마라톤이나 글쓰기에서 취해야 할 나의 페이스를 잘 알고 있는 편이다. 절대로 서둘러서는 안 된다는 것. 준비운동을 제대로 하고 속력을 내기에 앞서 욕심을 부리지 않는다는 것. 경기 전에 충분하게 연습을 해두어야 한다는 것. 무엇보다도 중요한 것은 순위나 기록에 연연하지 않는다는 것이다.

J는 나의 문학도반이다. 같은 연도에 등단했지만 그녀는 무엇에서든 나보다 앞섰다. 외모도, 내면도, 글을 쓰는 재주도 늘 저만치 앞서갔다. 나는 종종 그녀의 걸음걸이를 흉내내고 싶어했다. 하지만 잘 되지 않았다. 언제나 그녀는 무슨 일에서든 자신감을 잃고 있는 나를 압도하며 앞서나갔다. 부러움만 커갈 뿐이었다. 그녀는 거침이 없었다. 자기 표현에 당당하고 자기가 한 말이나 행동에 확신을 가진 눈빛이었다. 그녀는 늘 한 발짝쯤 내 앞에 서서 손을 내밀고 있었지만 얼마 안 가 나와 거리가 생기기 시작했다. J는 뒤처진 나를 향해 끊임없이 손짓했다. 하지만 그녀를 따라잡기에는 거리가 너무 벌어져 있다는 것을 느꼈다. 내가 더딘 발걸음을 추스르는 동안 그녀는 내 시선이 닿지 않는 모퉁이를 돌고 반환점을 지나 한참을 앞서서 달려가고 있었다.

이런저런 핑계로 2년 넘게 수필쓰기와 담을 쌓고 관심을 다른 데 두고 있었다. 수필과 관련된 일에는 눈과 귀를 막았다. 의식적으로 글쓰기를 멀리했고 시간이 나면 차라리 음악을 들었다. 꽃 일에 몰두했고 친구를 만나는 일에 치중했다. 그렇게 몸이 글쓰기를 떠나 현실 속으로 안주해간다고 느낄 즈음, 의정부에 사는 K선생이 누군가에게 보여줄 것이라며 내게 글 몇 편을 이메일로 보내라는 연락을 해왔다. 내게 글이 있기는 했던가. 글을 달란다고 내줄 수 있으려나. 꾸물거리는 나를 그는 재촉했다. 나는 그에게 등단작과 발표작, 그리고 오래 전 써놓고 발표하지 않은 글을 보냈다.

나는 예나 지금이나 글재주도 부족하고 글을 쓰기 위해 준비된 소양이 모자라서 스스로 생각하기에도 딱할 때가 많다. 다른 사람들의 작품을 보면서 얼마나 위축되었던지 이루 말로 다할 수가 없다. 글이란 게 각자 자기만의 색깔이 있는 거 아니냐고 나를 다독이고 위로해봐도 소용없었다. 그 목마름을 채워줄 만한 우물을 어디에서도 찾을 수 없었다. 그런데 내가 찾던 우물을 K선생을 통해 의외로 가까운 곳에서 만났다. 한참을 그 자리에서 나아가지 못하고 뒤뚱거려도 그 분은 재촉하지 않았다. 예전부터 나의 주법을 알고 있는 유능한 마라톤 코치처럼. 간혹 발을 헛딛고 넘어져 무릎이 까지면 약을 발라줄 뿐이었다. 왜 그리 더디냐고, 어쩌다 넘어졌느냐고 한 번도 나무란 적이 없었다. 나는 용기를 얻었고 다시 일어나 목적지를 향해 달릴 수 있었다.

힘들 때나 오르막길을 달릴 때는 바닥을 보며 달린다. 까마득히 먼 길은 그것을 의식하는 순간 한 발자국도 옮길 수 없다. 그럴 때는 다 잊고 바닥을 보고 한 발씩 옮기는 것이 나만의 달리기 요령이다. 보폭을 줄이고 속도를 줄이되 걷거나 앉아서 쉬어서는 안 된다. 쉴 때의 달콤함은 잠시다. 힘이 들어도 쉼 없이 달려야 한다. 쉬다가 다시 일어나 뛰는 일은 몇 배의 고통이 뒤따른다. 글쓰기도 그렇다. 뒤뚱거릴지언정 앞으로 꾸준히 나아가야 한다.

시원치 않은 글쓰기가 그나마 나아지긴 했지만 마라톤에서처럼 욕심을 부리지 않으련다. 공부를 더 해야 한다면 할 것이다. 하지만 이 역시 서두르지 않을 것이다. 습득할 수 있는 용량이 정해져 있다면 더 더욱 그리해야 한다. 더딘 사람이란 걸 알기 때문이다. 사람들은 보이지도 않는 완주지점을 밟으려는 나를 미련한 러너라고 할지도 모른다. 하지만 내 방식대로 끈질기게 한 발씩 달려나가 골인선을 밟고 싶다.

지금은 무릎 부상으로 마라톤을 그만두었다. 하지만 마라톤 풀코스를 뛰고 완주지점을 밟는 기분을 글쓰기로나마 다시 느끼고 싶다. 동료들의 응원과 관중석의 박수소리를 온몸으로 듣고 싶기 때문이다. 언젠가 내가 그 지점에 섰을 때는 나의 온몸이 귀가 될 것이다. 나는 거북이 러너의 꿈을 버리지 않았다.

혼자 사는 즐거움

한 남자를 소개받았다. 사업가이며 전원주택을 두 채나 가지고 있다고 했다. 글을 쓰고 싶어하는 그가 '글코치'를 찾던 중에 우연히 내 첫 수필집을 읽게 되었고 소개를 원했다는 것이다. 틈이 나면 서각을 하고 농업기술센터에서 농업전문과정을 공부한다는 그는 수년 전부터 혼자 산다고 했다. 오래 전부터 알고 지내던 K의 소개였다. 우리는 백석동의 한 음식점에 마주 앉았다.

오십은 조금 넘어 보이는 듯한 그는 중간 키에 마른 편이었다. 외모는 깔끔했으나 조금 날카롭고 깐깐해 보였다. 나는 마음만 있으면 언제든 쓸 수 있는 게 글이고, 꼭 그것이어야만 한다는 생각이 들 때는 누가 등 떠밀지 않아도 저절로 쓰게 될 것이라고 말해주었다. 글을 쓰겠다고 마음먹은 것 때문에 억지로 쓰지 않았으면 좋겠다는 조언도 했다. 그는 순순히 고개를 끄덕였으나 반응이 좀 싱겁다는 생각이 들었다. 옆에 앉았던 K도 멋쩍어했다.

찻집으로 자리를 옮긴 후, K는 그 사람에 대해 다시 자세히 소개했다. 이것도 저것도 아닌 말들로 시간을 끄는 것이 애초에 내게 말한 만남의 목적과는 다름을 직감적으로 알게 되었다. 일종의 '소개팅'이었다. 분위기가 어색해졌다. K의 장황한 소개를 듣자 갑자기 불편함이 짓누르기 시작했다.

경제력이나 학력, 무엇 하나 부족할 것 없는 사람이 하필 보잘것없는 나를 만나고 싶어하는 걸까? '글코치'가 필요하다면 그의 주변에서 훌륭한 선생을 쉽게 찾을 수 있을 것이다. 나야 글을 쓰는 사람이지 가르치는 사람이 아니지 않은가. 처음부터 어색했던 느낌이 점점 분명해졌다.

K는 둘째형부와 절친한 분으로 나에 관해서 많은 것들을 알고 있을 것이다. 그러니 나를 과장해서 말했을 리 없다. 우리 식구들의 표현을 빌리자면 나는 '고삐 풀린 망아지'다. 하고 싶은 거 다 하며 내 멋에 취해 살고, 싫은 것은 절대 하지 않는 사람이다. 이제 와서 누군가에게 신경을 쓰고 그와 더불어 불필요하고 무의미한 갈등을 겪어야 한다는 것은 생각조차 떠올리기 싫다.

혼자서는 살 수 없다고 말하는 사람들이 있다. 늘 누군가가 곁에 있어야 하고, 잠시의 침묵도 견디기 어려운 사람들이다. 그들은 혼자 식당에 가는 걸 두려워하고 홀로 영화관에 가지도 못할 것이다. 카페에 앉아 커피 한 잔을 놓고 오가는 사람들을 구경하거나 책을 읽고, 가끔

먼 곳의 풍경을 감상하는 여유를 그들은 알까. 오로지 사람이 그의 상대이고, 그들과 더불어 생활하는 게 옳다고 믿을지도 모른다.

나는 그렇지 않다. 몇 날이고 집안에서만 갇혀 있어도 전혀 불편함이 없다. 혼자서도 당당하게 식당에 가서 내 앞에 누가 앉아 있지 않아도 꿋꿋하게 고기를 구워먹을 수 있고, 꼭 물건을 사지 않아도 대형 마트에 가서 시간 가는 줄 모르고 이것저것 실컷 둘러보기도 한다. 차를 몰고 가다가 강을 만나면 강물에 젖은 바람의 속삭임에 귀 기울이는 것도 즐겁다. 오히려 사람들과 상대하는 게 피곤하여 집에 오면 휴대폰마저 무음으로 돌려놓는다.

혼자 할 수 있는 일은 무척이나 다양하다. 혼자서도 자연스럽고 즐거운 것들이 얼마든지 널려 있다. 언제든지 좋은 친구를 만날 수 있고, 마음먹으면 주저 없이 여행도 떠날 수 있다. 나를 위한 맛난 밥상을 차리고 혼자 마실 커피도 향기롭게 갈아 내린다. 듣고 싶은 음악은 어느 때고 들을 수 있고 창문을 열고 나뭇잎의 흔들림을 바라보며 스치는 바람의 향기를 맡기도 한다. 간혹 멀리서 들리는 풀벌레 소리에도 가만히 귀를 연다. 이 모든 것들은 혼자가 아니면 느낄 수 없는 소중한 것들이다.

요즘은 혼자 사는 사람이 아니더라도 개인의 생활을 위해 요리를 배우고 부족한 스펙을 채우며 취미생활을 늘리는 사람들이 많다. 텔레비전 채널을 돌릴 때마다 요리 프로그램을 볼 수 있다. 출연자의 냉장고를 뒤져 그 주인공조차 잊고 있던 숨은 재료로 즉석요리를 만들기고 하고, '집밥'이라는 말을 내세워 식당에서나 먹을 수 있을 법한 요리를 재료만 있으면 프라이팬 하나로 뚝딱 해결하기도 한다. 주로 혼자 사는 연예인이거나 혼자만의 시간을 즐기는 사람들의 이야기이다. 굳이 배우자의 도움 없이도 스스로 자신의 생활을 만들어가는 사람들이라면 그들의 길고 긴 시간이 더 이상 무료하지 않은 것이다.

K를 통해 알게 된 그 사람도 하는 일이 꽤 많은 것 같았다. 잘 나가는 사업은 물론, 취미로 서각을 하고 농사에 관련된 일들도 다양하게 연구하는 사람이다. 술을 즐기는 사람이 아니라면 집에 혼자 있을 때 할 일은 더욱 많을 것이다. 주변에 꽃과 나무를 심고 자신이 배운 원예를 적극 활용함으로써 집을 단장하는 재미도 쏠쏠할 터이다. 특히 독서를 즐긴다 하니 책장에 꽂힌 어떤 책이라도 한 권 꺼내 잠이 올 때까지 읽을 수도 있지 않을까.

비슷한 사람끼리 만나서 어울려야 편안하다. 나는 나와 다른 그의 현재를 아무렇지도 않게 받아들일 정도로 무던하지 못하다. 그냥 있는 그대로 지내고 싶다. 조금 궁핍하면 어떤가. 나 하나의 공간과 시간은 그 누구보다도 풍족한데. 그것이 내 식으로 사는 방식이라고 생각한다.

그에게서 전화가 왔을 때 나는 병원에서 물리치료를 받는 중이었다. 나중에 전화를 하겠다고 하고 바로 끊었다. 그제야 그의 전화번호를 저장했다. 우리가 교제를 하지 않더라도 만약 그가 글을 쓰게 된다면 어떤 식으로든 만남이 이어지겠다는 생각에서였다. 번호를 저장하니, 카카오톡에 연결된 카카오스토리에 그의 정보가 사진과 함께 소개되었다. 서각을 하는 사진이 멋져보였다. 치료를 마친 나는 전화를 하려다 그에게 문자 메시지를 보냈다.

"좋은 취미를 가지셨네요. 글 쓸 시간도 모자라겠어요."

현명한 그가 이 메시지가 어떤 뜻인지 짐작한 것일까. 그에게선 지금껏 연락이 없다.

오래된 신발

운동을 함께하던 친구를 만나기로 한 날 오후였다. 화원에서 함께 차를 마시고 있던 보험사 영업사원이 나를 따라가고 싶다고 했다. 먼저 전화로 친구에게 동의를 구했다. 잠깐 집에 다녀오겠다던 그녀는 화려한 옷차림과 요란한 화장으로 언제나 그렇듯이 '평범'을 거부하고 있었다. 구두코 한가운데서 보석이 반짝였다.

먼저 와 있던 친구가 식당 안으로 우리를 안내했다. 내 신발을 신발장에 넣어주겠다는 것을 사양하며 먼저 들여보냈다. 친구와 영업사원이 들어간 후 재빨리 나의 못 생긴 신발을 신발장 깊숙이 밀어넣었다.

식사를 마치고 일어설 무렵, 평소에 매너 좋기로 소문난 친구는 먼저 나가 신발장에서 구두 두 켤레를 꺼내왔다. 바닥에 놓인 그녀의 구두가 멋지게 빛났다. 그 옆에 오래된 나의 구두가 찌그러진 알루미늄 캔처럼 납작 엎드려 있었다. 낯이 뜨거웠다. 신발에서 신분의 차이가 느껴졌다. 두 사람은 아무 일 없다는 듯 먼저 식당문을 나갔지만 나는 한동안 그 자리에서 꼼짝할 수가 없었다.

그날 이후 나는 신발에 온 신경이 곤두섰다. 외출을 하거나 일을 하다가 누군가와 갑자기 마주치게 되면 신발을 살피는 버릇이 생겨버렸다. 여성들이 하루에도 몇 번씩 거울을 보며 화장한 얼굴을 살피듯이 수시로 신발의 먼지를 털어내고 끈을 바로 매곤 했다. 더러운 것이 흉이지 오래된 것은 흉이 아니라는 어머니 말씀이 그때만큼은 아무 소용이 없었다. 구두약을 칠하고 광을 내도 오래된 구두는 그저 오래된 구두일 뿐이었다.

신발장을 열면 내가 걸어온 시간의 흔적이 고스란히 담긴 낡은 신발이 여러 켤레 있다. 남들이 보면 초라하기 그지없는 신발들이다. 하루 종일 굽 높은 뾰족구두를 신고 있을 수 없는 나는 출근만 하면 단화나 운동화로 바꿔 신는다. 해가 거듭될수록 작업화의 흔적은 다양하게 나타난다. 발을 쉽게 넣고 뺄 수 있는 단화는 주둥이가 반들반들하다. 운동화의 볼은 팥빵처럼 펑퍼짐하게 퍼졌고 물 줄 때 신는 장화도 원래의 빛깔을 잃어버렸다. 신발 뒤축의 닳은 모양을 보면 그 사람이 걸을 때의 자세가 짐작된다고 한다. 내 신발은 양쪽 발뒤꿈치 바깥 부분이 더 많이 닳았다. 평소 나의 걸음걸이가 그려진다. 요즘 들어서는 내 신발들의 변화를 보면서 내가 걸어온 시간을 되짚어 보기도 한다.

신발은 그 사람의 인격을 말해준다고들 한다. 신발이 깨끗하면 깔끔한 사람으로 존경받고, 먼지가 뿌옇게 쌓여 있으면 썩 좋은 인품이 아니라는 평가를 받는다는 것이다. 그 말이 사뭇 틀린 것은 아니지만, 나는 반드시 그렇다고는 생각하지 않는다. 신발에도 각자의 길이라는 게 있다. 공사장에서 일하는 사람의 신발이 반들거린다면 그도 이상한 일이다. 얼룩진 신발을 신은 사람은 털털한 성격의 소유자일 수 있다. 패션의 완성은 신발이라는 한 광고 문구처럼 신발이 그 사람의 신분을 대변해줄지는 모르겠지만 신발이야말로 주인과 더불어 살아온 분신 같은 존재이기에 그 사람의 인생이라 해도 틀리지 않을 것이다.

골라놓은 꽃들이 차에 실리기를 기다리며 무심히 나의 신발을 내려다본다. 발목까지 올라오는 작업용 단화이다. 오늘 따라 신발은 간밤에 잠 못 이룬 내 얼굴을 닮아 있다. 어둠이 채 가시지 않은 새벽부터 열심히 달려온 시간, 어제와 다름없이 부지런히 움직였지만 나는 여전히 어제 그 자리에 머물러 있다. 어려운 상황에 부딪치게 되면 그것에 적응하려 무던히도 애를 써보지만, 부딪칠 때마다 늘 새로워서 버겁기만 하다.

인생에는 '한때'라는 게 있다고 한다. 한때는 '잘 나가는 때'라는 긍정적 의미와 '어려움에 처한 때'라는 부정적 의미, 두 가지를 담고 있다. 하지만 부정적 의미의 한때도 어떤 마음가짐으로 대하느냐에 따라 앞날이 긍정적으로 펼쳐질 수도 있다. 나의 한때는 내가 가장 힘들었을 때였고, 캄캄한 어둠 속에 속절없이 주저앉아 있던 때였던 것 같다. 그 과정에서 나는 인내하는 법을 배웠고, 숙이고 굽혀야 할 때가 있다는 것을 알았다. 목소리를 낮추고 천천히 걷는 법도 배웠고, 뒤를 돌아보는 여유도 조금이나마 느낄 수 있게 되었다. 신발은 그럴 때마다 나와 함께하였다. 아주 사사로운 일에 마음 상했을 때도, 가슴이 미어지게 아팠을 때에도, 내 신발은 고단함을 견디며 묵묵히 나를 지탱해주었다. 너무 오래 걸어 발에 물집이 터지고 옹이처럼 굳은살이 돋아나도 그 자리에 새 살이 차오른다는 희망을 알게 해주었다.

일그러지고 못나 보여도 그 모습 그대로 오래도록 간직하고 싶은 나의 오래된 신발들. 그 신발들을 바라보며 거친 세상을 씩씩하게 걸어온 나를 다독여본다.

내가 좋아하는 이름

내 이름은 '한복용'이다. '한약 복용하시겠어요?' '한 번 복용으로 완치가 될까요?' '뭘 자꾸 복용하라는 거죠?' 등등 놀림을 자주 받는다. 어렸을 때는 '용용 죽겠지?' 하나로 놀림을 당하다가 성인이 되니 이렇게 그럴 듯한 말로 친분을 표하는 이들이 늘었다. 짐짓 웃어넘기지만 기분이 사나울 땐 벌레 씹은 얼굴이 된다.

인터넷 검색창에 '한복용'을 치면 한복과 관련된 기사가 대부분이다. 아무래도 내 이름이 다른 것도 아닌 의복 쪽의 검색어로 나열된 것에 대해서는 유감스럽다.

'복용'을 '봉용'으로 발음하는 이도 있었다. 한 분은 초등학교 3학년 담임선생님이었고 또 한 사람은 등단 동기인 K선생이다. 어렸을 때는 선생님께 말대꾸하면 큰일나는 줄 알고 불만스러워도 참고 견뎠지만 성인이 되어서까지 그리 불리니 왠지 불쾌감마저 들었다. 바르게 불러 달라고 몇 번인가 청했지만 소용없었다. 나는 그에게 작심하고 따졌다.

"선생님은 의사신데 환자한테 약을 처방하면서도 식후 30분 후에 '봉용'하세요, 라고 말씀하시나 보죠?"

그는 어이없다는 듯 나를 쳐다보며 허허, 하고 웃었지만 나는 물러서지 않았다.

"글을 쓰는 분이니 말씀하실 때 발음도 정확해야 하지 않을까요?"

무례였다.

남자 이름처럼 들리는 탓에 여성인 나를 남성으로 착각하는 이도 있다. 나중에 얼굴을 보면 깜짝 놀란다. 어릴 적부터 자주 벌어진 일들이니 새삼스러울 것도 없지만 그때마다 내 이름에 대해 고민하게 된다.

중학교 3학년 겨울방학 때였다. 단짝인 J와 방학이면 편지를 주고받았다. 3학년이고 겨울방학이니 숙제는 하지 않아도 된다는 되지도 않은 생각을 했던 것 같다. 모든 면에서 성실한 그녀와 달리 나는 틈만 생기면 놀 궁리만 하던 아이여서 그때도 그녀에게 그런 식의 편지를 보냈던가 보다. 웬일인지 답장이 오지 않았다. 시간이 지나면서 방학 내내 나도 그녀를 잊고 지냈다. 개학을 하고 J를 만났다. 우리는 이산가족 상봉이라도 한 양 발을 구르며 얼싸안았다. 밀린 이야기를 하다가 뜬금없이 그녀가 까르르 웃었다. 나는 의아한 표정으로 그녀의 웃음이 그치기를 기다렸다.

"야, 야. 말도 마라."

"?"

또 한 번 까르르 웃어넘긴 J가 벌게진 얼굴로 이야기를 풀어놓았다.

"너한테 온 편지를 우리 아버지가 먼저 뜯어보지 않았겠냐. 대체 공부하는 학생이 벌써부터 연애질이냐며 야단치는 거야. 아니라고 발뺌을 하고 여학생이라고 조곤조곤 설명을 해드려도 소용없어. 필체도 거칠고 이름도 남자 이름이라나."

중3 겨울방학이니 숙제할 시간에 한 번 만나서 태안 읍내가 들썩거리도록 롤러스케이트나 실컷 타보자고 쓴 것이 화근이었던가 보다. 사내 녀석이 오죽 못났으면 여자 친구에게 숙제하지 말자고 하나. 불량스럽게 롤러스케이트는 뭐고. 또 한 번 이 녀석에게서 편지가 오면 말 전할 것도 없이 불질러 버리겠노라며 역정을 내셨다는 것이다. 내 글씨가 예쁘진 않아도 사내 글씨와는 한참 다를진대 아버님은 글씨체까지 말씀하시면서 기어이 나를 사내아이로 만들었다.

그 후로 친구의 아버님을 만난 건 그녀의 결혼식 날 신부대기실에서였다. 친구는 아버님께 나를 소개했다.

"아버지, 그때 그 녀석이에요. 중3때 숙제하지 말고 태안바닥이 들썩이도록 롤러스케이트나 타자고 했던."

"하하하, 네가 그 녀석이구나. 예끼! 학생이 그러면 못쓰지."

아버님은 실제로 나를 혼내듯 말씀하셨다.

나의 거래처 사장 이름은 영희 씨로 여자 이름이다. 그는 나에게 다른 거래처도 소개해주었다. 그런데 희한한 일이었다. 그가 소개하는 곳의 대표자 이름이 현정, 혜정, 미현, 순영 등 모두 여자 이름이다. 그는 의아해하는 나에게 여자 이름을 가진 경영인들의 모임이라고 말하며 농담을 했다. 나는 그에게 물었다.

"놀림을 많이 당하셨을 텐데, 이름을 바꿔볼 생각은 안 해보셨어요?"

"아니, 이 좋은 이름을 왜 바꿉니까? 저는 이름 때문에 사업도 잘 풀린다고 생각하는 사람이에요. 거래처 사장들도 한 번 들으면 잊지 않고 기억해주니 좋기만 한데요."

듣고 보니 틀린 말이 아니었다. 이왕이면 한 번 듣고 잊어버리는 이름보다는 들어서 오래도록 기억되는 이름이 나았다. 바야흐로 자기 PR 시대다. 놀림은 잠깐이지만 좋은 인상은 물론, 이름까지 기억에 오래 남는다면 그보다 더 좋은 일은 없다. 누군가에게 오래도록 회자되고, 그러므로 나의 존재가 기억된다면 더 웃긴 이름이라도 나쁘지 않겠다. 나는 지금까지 놀림당하는 것이 싫다는 이유로 내 이름에 갇힌 채로 갑갑해하며 살았던 것이다.

예전에는 많은 시간과 큰돈을 들여서 이름을 바꾸곤 했다. 요즘에는 마음만 먹으면 사유가 적힌 서류 한 장으로 즉시 이름을 바꿀 수 있다. 지인이나 친구들의 달라진 이름이 더 이상 이상할 할 일도 아니니다. 그렇지만 나는 이름을 바꾸고 싶지 않다. 치명적일 정도로 이름이 이상한 것도 아니고 태어나면서부터 불린 이름이기에 이것이 나에게 맞는 이름이려니 한다. 남자 이름 같다고 놀림 좀 당하면 어떤가. '한약 복용'이든 '한복용 장신구'든 어떤 식의 놀림말로 불려도 괜찮다. 이유 같지 않은 이유로 이제 와서 다른 이름으로 바꾸지 않으련다.

또, 내 이름을 부르며 놀려도 화낼 만큼 속 좁던 나이는 지났다. 불리라고 붙여진 이름이다. 기억하기 쉽게 한 번쯤 놀려보는 것이려니 하고 이제는 너그러이 웃어넘긴다. 한복용. 나는 이 이름을 좋아한다. 복 복福 자에 쓸 용用 자. 복을 쓰라는 것인지, 베풀라는 것인지 그 깊은 의도는 모르겠지만 복을 지어 두루 나누라는 의미로 받아들이련다. 그것이 내 이름을 아끼며 이름대로 사는 일이 될 것이다.

마흔아홉의 일기

나의 마흔아홉도 중반을 넘어섰다. 날마다 시간의 문으로 발을 옮기기 무섭게 빠른 속도로 달린다. 새삼스러울 것도 없지만 태연하게 받아들이기엔 괜히 억울하다는 느낌이다. 요즘 몸무게가 늘어난 것 말고는 달라진 것이 없다. 그 어디로도 나는 더 진화하지 못했고 어제와 무엇도 달라지지 않았다. 갑자기 주변이 어수선해지며 마음이 분주해진다. 이러다가 반조차 남지 않은 마흔아홉을 맥없이 쉰에게 바치게 생겼다. 이번에도 나는 최선을 다 하지 않은 것이다.

마라톤을 할 때, 페이스 조절을 하지 못해 나는 종종 낭패를 보곤 했다. 중간에 포기하기도 하고 가까스로 피니시라인을 통과한 적도 여러 번이다. 충분한 기초훈련과 체력이 몸에 배어 있어야 할 마라톤을 우습게 본 탓도 있었지만, 무리해 뛰다가 도로 한복판에서 쓰러지고 싶지 않아서였다.

나는 42.195Km를 내 식으로 속도를 높였다 내렸다 하며 채워나갔다. 마지막 스퍼트를 쏟아부어야 할 운동장이 눈앞에 보이면 그때부터 온 힘을 다해 달리는 것이었다. 트랙을 전력으로 질주할 때면 관중석의 응원단은 일제히 일어나 박수를 쳐주었다. 그때의 쾌감과 성취감은 이루 말로 표현하기 어렵다. 완주가 목표인 나에게 기록은 그저 남의 일이었다. 그런데 안전하게 완주했다는 대견함이 가시기도 전에 늘 찜찜한 기분이 들었다. 피니시라인을 지나고도 몸에 남은 에너지가 매번 나를 후회하게 만들었던 것이다. 왜 나는 힘을 분배해 적절히 써야 한다는 기본을 늘 무시한 것일까.

달리다가 중간에 포기한 사람들을 보며 나는 그러지 말아야지 하면서 힘을 불어넣는다. 또 빠르게 나를 스쳐가는 이를 보면서는 마냥 부러워할 일도 아니라는 이치를 깨닫는다. 한계를 이겨내지 못하고 쉬거나 걷다가 다시 힘을 돋워 달려야 할 때의 또 다른 힘듦도 맛보았다. 모든 운동에 룰이 있듯 우리의 삶에도 보이지 않는 룰이 있었다.

얼마 뒤 마라톤에 흥미를 잃은 나는 대신 산악마라톤에 도전했다. 누구의 권유가 있었던 게 아니었다. 등산을 하면서 산길을 달려보고 싶다는 유혹이 불쑥 일어서였다. 산을 오를 때 불린 내 별명은 '날다람쥐'였다. 스틱을 꽂으며 차근차근 오르는 이들을 추월해 쭉쭉 앞으로 나아갈 때면 마라톤을 할 때와는 차원이 다른 희열을 느꼈다. 그 즈음 마라톤을 함께 하던 친구와 산악마라톤에 도전했다. 나의 최고 성적은 연령별

전국 7위였다. 산 정상에서 방송국의 대회 참가자 인터뷰를 거절했더라면 어땠을까. 말 잘한다는 유혹에 우쭐해 십여 분을 그곳에서 허비했다. 등수에 관심이 없었고 내가 훌륭한(?) 기록을 내게 될 거란 생각은 애초에 없었기에 우리를 스치며 뛰어가는 이들이 대수롭게 보이지 않았다. 시상을 마치고 나니 그동안 없던 욕심이 생겼다.

하지만 나의 도전은 몇 개월 가지 못했다. 스포츠 상식이 모자란 나는 무조건 앞서 나가겠다는 마음으로 내리막에서도 있는 힘을 다해 뛰었다. 그 일이 반복되면서 무릎에 이상이 생겼다. 그때 다친 양쪽 무릎은 더는 달리기를 못하게 했고, 가끔 하고 싶은 산책마저 방해하곤 한다. 연골주사를 맞거나 수술을 하면 쉽게 해결된다고들 하지만 유감스럽게도 나는 겁쟁이다. 그냥 이대로 살고 싶다. 특별히 내 몸에 투자한 것 없이도 웬만한 생활에 불편함이 없을 정도로 건강한 편이니 이만하면 지금껏 잘 쓴 몸이지 않은가.

미국에 사는 친구는 폐경이 가까워진 것 같다는 나의 말에 반박했다. 무슨 소리냐는 것이다. 앞으로 우리가 살 날이 얼마나 많으며, 앞으로 즐길 수 있는 건 지금 해왔던 것보다 더 많을 테니 벌써부터 까불지 말라고 한다. 나는 그저 웃기만 했다. 그녀 성격이라면 아직도 젊게 살고 있는 게 분명하다. 자신에게 맞는 운동을 꾸준히 할 것이며 몸에 좋은 자연식을 적당히 먹을 것이다. 열심히 수다 떨어 우울과 스트레스를 떨쳐내며 살아갈 친구이다. 혹여 있을지 모를 우울마저도 그녀의 쾌활한 성격에 놀라 금세 달아날 것이다. 친구만큼은 아니더라도 나는 나 나름의 '가면 사용법'을 익힌 지 오래다. 남에게 나의 우울을 숨기는 법, 이도 삶의 요령이라는 것을 알았다.

나의 삶이 비관적이진 않지만 그렇다고 낙관적인 것도 아니다. 특별히 계획을 세운 것도 없고 그렇다고 아무 생각 없이 살지도 않는다. 지금보다 어떻게 더 잘하고 살아야 하는지 그건 아직 모르지만 주어진 하루의 시간을 성실히 채워야 한다는 것쯤은 알고 있다. 그 일이 옳게 진행되기를 바랄 뿐이다. 작은 점과 점이 모여 선이 되고 그 선이 길게 늘어나 인생이라는 원이 된다고 하지 않던가.

나는 지금 40대의 마지막 고개를 넘고 있다. 흔들리며 뿌리가 더 깊어지는 나무처럼 인생 역시 그렇게 흔들리며 자신의 입지를 굳게 다지는 것이라 생각한다. 불혹의 나이를 넘어선다고 흔들림이 없을 수는 없겠지만 이쯤에서는 한 번쯤 나를 다잡아보고 싶다.

과감히 자리를 털고 빠르게 일어난다. 연일 폭염이 기승을 부리는 삼복주간, 잠시 더위를 탓하며 미뤘던 일을 시작한다. 거래처에 계산서를 보내고, 외상장부도 점검하고, 길어진 장마에 망가진 화초를 단계적으로 보수한다. 허투루 보낼 시간이 아니다. 숨을 고르고 크게 기지개를 펴본다.

내가 누군지 알아요?

"아이, 조금 싸게 줘봐요."

나는 또 당황한다. 십 년을 넘게 꽃장사를 하고 있는데도 가격을 깎아달라고 말하는 손님 앞에서는 늘 이렇게 말문이 막히고 만다. 꼭 받아야 할 가격을 받는다고 생각하지만 손님은 아무래도 비싸게 느껴지는가 보다. 그렇다면 도대체 얼마를 깎아줘야 할까.

"5천 원은 빼 드릴 수 있어요."

"에이, 비싸요. 더 깎아줘요."

등에서 진땀이 난다.

"집들이 선물을 할 건데 가격 부담이 너무 커요. 좀 더 깎아줘요."

나는 얼른 원가를 생각한다. 내가 부른 가격은 적당하다. 거기서 더 깎아준다고 해서 손해볼 것은 없다. 하지만 얼마 전에 같은 상품을 사간 손님을 생각하면 안 될 일이다.

"이 사람, 선생님이에요."

함께 온 남자가 거든다. '선생님'이란 말에 가격을 깎아달라고 한 손님의 얼굴을 올려다보았다. 선생님이니 어쩌라는 건지. 그 생각을 하면서도 여전히 얼마를 더 깎아줘야 할지 고민한다.

"뭘 그렇게 망설여요. 그냥 2만 원만 받아도 되겠는데."

여자는 장지갑에서 만 원짜리 지폐 두 장을 꺼내 내게 당당하게 건네준다. 나는 두 손으로 그 돈을 받으며 또 멈칫했다. 3만 원 이상을 받아도 시원찮을 상품을 2만 원에 사가려 하다니, 이건 아니라는 생각이 들었다. 에누리를 하더라도 제발 적당히 했으면 싶었다. 이럴 땐 정말이지 물건을 팔고 싶지 않다. 손님은 막무가내로 자신이 정한 금액을 지불하고 화분에 붙일 축하 문구 인쇄와 포장까지 요구했다.

엄마는 집안이 기울어가자 장사를 시작했다. 처음에는 행상이었다. 머리에 갖가지 물건을 이고 집집마다 다니면서 팔았다. 그 사이 집안 형편이 좀 나아졌지만 당장 현금을 만질 수 있는 일이라 장사를 그만두지 못했다. 태안읍 내 시장 한 켠에 자리까지 얻었다. 팔순이 다 되어서야 장사를 접은 엄마는 종종 주먹구구식 장사였다고 말씀하시며 얼굴을 붉히곤 했다.

"손님이 더 달라는디 냉정허게 되빡을 내려놓을 수 있으야지. 기냥 놔두는겨. 그 사람도 깡패가 아닌 이상 무한정 가져가지는 않지. 멸치

두 그려. 손님이 한 움큼 더 집어가두 그러려니 허는겨. 그래야 담 장날에 또 나헌티 오거든. 나는 또 그렇게 팔구. 그게 사람 사는 재미지."

엄마는 말씀을 하시면서 빙긋이 웃었다.

"도대체 그렇게 하는 게 무슨 장사랴?"

나는 엄마의 말을 떠올리며 중얼거렸다. 뜻을 몰라서 그러는 것은 아니었다. 다만 장사꾼이라면 얼마라도 남겨야 한다는 생각에서였다. 하지만 사람들의 욕심은 끝이 없다.

"워디를 가든 가격을 깎지는 말어. 엄마가 장사를 혀보니께 깎아달라는 손님이 오면 젤루 난감허더라. 기냥 덤을 더 달라는 편이 낫지. 필요한 거 부르는 가격에 사면 되는겨. 뭘 깎자고 되지도 않는 실랑이를 허냐. 늬들은 절대 그러지 말어. 엄마 생각을 해서라두 아예 그러질 말어."

흥정을 하다 보면 거친 말도 오가게 마련이지만 엄마는 귀가 어두운 분이라서 손님들과 흥정하는 것이 귀찮았던 모양이다.

나는 정찰제를 좋아한다. 가격을 깎으려고 주인이나 종업원과 말싸움하며 기를 빼는 것도, 상품을 사면서도 속은 듯한 기분이 드는 것도 싫다. 정찰제가 아니더라도 주인이 원하는 값을 치르고 필요한 물건을 사면 그만이다. 주위사람들은 나에게 사람이 물러서 어디에 쓰느냐고 탓한다. 더 심하게는 사람이 야무지지 못하다고 야단을 치는 이도 있다. 그렇지만 장사를 하다 보니 참으로 난처한 것이 가격을 깎아달라는 사람을 대하는 일이다.

"내가 누군지 알아요? 나는 야생화 전문가예요. 이딴 꽃이 뭐라고 이리 비싸게 팔아요. 좀 깎아주시우."

이런 말을 들으면 나는 또 다시 당황하게 된다. 겉으로 표현은 못해도 마음속에서는 울화가 치민다.

"많이 사갈 테니 싸게 줘요. 나 같은 사람에게는 도매금으로 줘도 되겠구먼. 내가 시장에 가면 다들 그리 주던데."

'많이 사간다'는 말을 한 그는 야생화 서너 개를 고른 후 지갑을 열었다. 물건을 파는 주인이 생각하는 '많이'와 손님이 생각하는 '많이'는 늘 차이가 있게 마련이다. 비닐 주머니에 담긴 야생화를 달랑거리며 들고 가는 남자의 등이 얄미웠다.

어떤 이는 건너편 화원과 가격 차이가 난다며 비교를 하기도 한다. 똑같은 꽃인데 그곳에서는 5천 원이고 이곳은 왜 8천 원이냐고 따진다. 그 집은 얼마에 가져와 어느 정도의 마진을 남기는지 궁금했다. 그 집에 있는 꽃이 제 가격을 받을 만큼 관리가 잘 되어 있는지도 모르겠다. 물가가 오르면서 우리가 가져오는 물건의 가격은 해가 갈수록 비싸지고 손님에게 받아야 할 가격은 점점 떨어진다. 똑똑한 소비자가 늘고 있고 화원 간의 지나친 경쟁이 불러온 현상이라고 할 수 있다.

"저희는 그렇게는 어렵겠어요."

나는 단호했고 이번에는 고객이 당황하는 듯했다. 그는 곧 헛기침을 한 번 하고는 언제 그런 말을 했냐는 듯 꽃을 골랐다. 화단을 가꿀 것이라며 여러 가지 꽃을 손으로 가리켰다. 그가 고른 꽃을 봉투에 담으며 우리 농장에서 재배한 야생화 몇 종을 덤으로 주었다. 그는 친절한 화원이라며 인심 좋은 주인이니 다음에 또 오겠다는 약속을 남기고 떠났다.

아예 혀를 차며 나무라는 이도 있다.

"나도 예전에 꽃장사를 해봐서 잘 알아요. 이건 너무 비싸. 손해 안 볼 만큼만 남겨요. 젊은이가 이렇게 융통성이 없어서야……."

"……."

손해 안 볼 만큼이 얼마 만큼인지 정말 나는 모른다. 마음에 안 들어 했지만 엄마처럼 나도 주먹구구식 장사를 하고 있기 때문이다. 경영에 대해 정식으로 배운 바도 없다. 때에 따라 어떤 꽃이 좋을지 감으로 어림짐작해서 물건을 구입해 오고 그것을 판매하면서 관리한다. 지난 경험을 바탕으로 나름대로의 원칙을 세우고는 있지만 막상 손님들 앞에 서면 머리 싸매고 세운 원칙은 한순간에 물거품이 된다. 거창한 전략은 책상 앞에 앉았을 때뿐이다. 손님은 각양각색이고 나의 가격정책은 번번이 무시된다. 장사꾼도 손님의 취향에 따라 변화를 줌으로써 그들의 입맛에 맞춰야 한다. 그것이 잘 안 돼서 그들에게 종종 통박을 맞곤 하지만.

욕심 많은 장사꾼만 있으면 세상은 재미없다. 좀 속아도 주고 적당히 넘어가주는 얼치기도 필요한 세상이다. 사양사업이라고 꺼리는 꽃장사이지만 한편으로 생각하면 사람냄새가 물씬 풍기는 일이지 싶어 아직은 해볼 만하다는 생각이다. 하지만 세상을 풍요롭고 향기 넘치게 할 꽃값을 흥정하면서 '내가 누군지 알아요?'라고 묻는 이를 어떻게 대해야 하는지는 아마 이 장사를 그만둘 때까지 풀지 못할 숙제로 남을 것이다.

우리가 사는 방식

이사 온 지 1년이 지났다. 깊은 밤 홀로 깨어 있을 때 가끔 이 집이 낯설게 느껴지곤 한다. 방음이 허술하여 바깥소리가 바로 옆에서 이야기하는 것처럼 들린다. 다세대 주택촌의 한 집인 이곳은 1층과 3층에 한 가구씩, 2층에 두 가구가 산다. 우리 집은 계단을 오르자마자 현관이 보이는 2층의 첫 번째 집이다. 퇴근시간이 늦는 옆집과 3층 사람들의 발 딛는 소리가 조용한 밤공기를 흔들어 놓는다. 1층에서도 둔탁한 것을 떨어뜨리는 소리가 시간과 관계없이 자주 들린다. 그럴 때마다 나는 깜짝깜짝 놀란다. 한 번 잠이 깨면 몇 십 분을 설친다.

대전에 사는 동생이 서울의 한 대학에 들어간 딸을 내게 맡기면서 급하게 구한 집이다. 먼저 살던 곳은 조카의 대학과 거리가 멀어 서울과 가깝고 교통이 편리한 곳을 찾다가 학교에서 1시간 남짓 떨어진 의정부 시내에 집을 구했다. 열댓 평쯤 될 법한 공간에 방 2개와 주방이 딸린 작은 거실이 처음엔 답답하고 어색했다. 각자의 방에서 내뱉는 가느다란 숨소리까지 들리는 듯했다. 좋지 않은 점을 들키지 않으려면 모든 일에 신경을 써야 했다. 간섭하지 않을 것, 최대한 배려할 것이 그것이었다. 스스럼없이 장난치면서 살갑게 지내곤 했던 예전과는 다르다. 함께 살게 되니 뭔지 모르게 조심스럽다.

우리는 각자의 방에서 주로 자기의 생활을 한다. 서로 말이 적은 편이며, 함께 밥을 먹는 날은 손에 꼽을 정도다. 내가 조카를 위해 해줄 수 있는 일은 빨래를 하고, 가끔 밥을 안치고, 밑반찬을 만들어놓는 정도다. 또 개수대에 담가둔 그릇들을 설거지하고 아주 가끔 조카의 방을 청소기로 돌리는 것. 그 외, 아이를 위해 무슨 일을 해야 하는지 나는 모른다.

조카는 쉬는 날이면 공부를 하겠다며 집 근처 카페로 간다. 집에 있을 때 가장 편한 나와는 다르다. 오가며 빼앗기는 시간을 따진다면 차라리 조용한 집이 좋으련만, 굳이 사람이 많은 카페로 가는 까닭을 모르겠다. 퍽이나 관심이 있는 듯 카페에 가는 이유를 어물어물 물어보았다. 요즘 아이들은 도서관이 아닌 카페에서 공부를 하는 모양이다. 과제물 준비와 예습과 복습을 하기 위해 종일 카페에서 지내는 아이도 많다고 한다. 24시간 영업을 하는 커피전문점도 많아 시험기간에 커피 한 잔으로 밤을 새우는 학생들이 허다하다는 것이다. 방학기간인 조카는 느지막이 아침을 먹고 나가면 밤 늦게나 들어온다. 방실 웃으며 다녀왔다는 인사가 고작이다. 자기 방으로 들어가면 씻을 때만 밖으로 나온다. 나는 무슨 말이라도 걸어보고 싶은데, 자칫 분위기가 어색해질까봐 들었던 엉덩이를 다시 내려놓는다.

가끔 집에서 공부할 때도 있다. 나는 내 방에서 조카의 움직임을 짐작한다. 이어폰을 끼고 책상에 앉아 자기가 좋아하는 수학 문제를 신나게 풀 것이다. 드문드문 계산기를 두드리며 회계학 교재를 훑을지도 모른다. 나는 내 방의 침상 발치에 놓여 있는 책장을 건너다보거나 하릴없이 아침에 봤던 신문을 뒤적이며 조카가 냉장고 문이라도 열어보기를 기다린다. 하지만 몇 시간째 아무도 없는 집 같다. 그럴 땐 집안에서 들리는 소리보다 밖에서 들리는 소리가 외려 크다. 골목을 지나가는 사람들의 웅성거리는 소리, 비좁은 공간에 간신히 주차를 하고 리모컨을 눌러 차문을 잠그는 소리, 건물 사잇길로 헛기침을 하며 지나가는 아저씨의 무거운 발자국소리, 어느 집에서 나는 소리인지 모를 그릇 달그락거리는 소리, 담벼락이나 계단 밑 길고양이들의 행복한 수다……. 혼자일 때는 몰랐던 외로움이 엄습하는 이유는 뭔가? 둘이 같이 있으나 지금 나는 더 허허롭다.

눈발이 날리는 밤이다. 가로등 불빛에 비친 눈송이가 제법 굵다. 벌써 새벽 두 시, 조카의 방은 아직 불이 켜져 있다. 새벽내내 공부를 하고 동틀녘에야 잠이 드는 아이는 보잘것없는 이 집이 아주 마음에 들고 편안하다고 했다. 이웃집 텔레비전 소리가 내 집 안방에서 들리는 것보다 더 크게 들리기도 하지만 낯선 도시 속의 자기만의 공간이라 맘에 든다는 것이다. 나는 피식 쓴웃음을 목으로 넘긴다.

출근하면서 아이의 방을 들여다본다. 방금 젖을 뗀 어린 짐승처럼 몸을 웅크리고 잠을 잔다. 애처롭기 그지없다. 유독 가깝게 지내던 이모라지만 살을 나눈 엄마만 할까. 태어나 처음으로 엄마와 떨어져 지내는 아이. 나는 그 아이가 나와 함께 지내는 동안 편안했으면 한다. 아이를 위해 어떻게 해야 할지 잘은 모르지만 한 집에 사는 동안 조카를 위해 지켜줄 것은 지켜주고 내버려둬도 될 일은 못 본 척하련다. 때론 있는 듯 없는 듯 사는 것도 나쁘지는 않을 테니까.

저녁식사를 마치고 차 한 잔 하는 중이었다. '오늘은 학회가 있어 늦을 것 같다'는 조카의 문자 메시지가 휴대폰에 뜬다. 나는 '너무 늦지 않게 들어와'라는 짧은 답장을 보낸다. 모처럼 누리는 혼자만의 시간, 나는 아이가 없는 시간에 많은 일을 할 수 있을 것 같았다. 그런데 시계만 쳐다볼 뿐 특별히 할 수 있는 일은 없다. 스르르 선잠이 들었나 보다. 갑자기 현관 번호 키 누르는 소리에 잠을 깼다. 시계를 보니 자정이 가까운 시각이다. 조카가 빼꼼이 고개를 내밀고 내 방을 들여다본다.

"이모, 곱창볶음 사왔는데 함께 드실래요?"

뜻하지 않은 아이의 행동에 깜짝 놀란다. 지금껏 먼저 말을 걸어오지 않던 아이다. 작년 초, 대학생이 되어 나타난 조카와의 어색한 동거가 예상치 않은 일에서 모녀의 정 못지않은 살가운 정으로 다가온다. 그러고 보면 우리가 사는 방식도 세상을 살아가는 데 필요한 방법일지 모른다. 상대를 위해 자신을 눌러두는 것, 그 또한 배려일 테니까.

반 평의 자유

 # 1 날마다 새로운 아침

시동을 건다. 밤 사이 갇혀 있던 공기들의 입자가 바쁘게 움직인다. 이른 새벽부터 밤 늦게까지 가장 많은 시간을 보내는 곳, 이 반 평의 공간에서 나는 집이나 화원에서보다 정신이 더 집중되고 오롯한 존재감과 함께 더 큰 자유를 느낀다. 내비게이션과 블랙박스의 신호가 떨어지면 주파수를 고정한 FM 라디오에서 귀에 익은 음악이 흘러나온다. 운전석 옆 간이음료대에 올려놓은 텀블러의 커피 향이 스르르 차 안을 가득 채운다. 멍했던 정신이 일순 깨어난다. 뜨거움을 밀어내고 한 모금의 커피를 마신 나는 지그시 가속 페달을 밟는다. 어제로부터 건너온 시간이 자동차의 진행 속도에 맞춰 바쁘게 공전을 시작한다. 방향을 꽃시장으로 잡는다.

새벽 꽃시장은 날마다 활기가 넘친다. 삶에 지치거든 새벽시장에 가 보라는 말은 괜한 말이 아니다. 물건을 팔기 위해 목소리를 높이는 상인과 더 좋은 상품을 고르기 위해 분주한 사람들 곁을 지나며 나도 잠시 생기를 얻는다. 골라놓은 꽃과 나무를 자동차 가득 싣고 화원으로 향한다.

똑같은 날의 연속이지만 차창 옆으로 물러나는 풍경들은 어제와 다른 하루를 열어 보인다. 한껏 오므렸던 잎이 주름을 펴며 모양을 잡아가고 햇살을 머금은 나무는 더욱 짙은 색으로 변하는 중이다. 풍경과 어울리는 오늘에 맞춘 음악에 빠지다 보면 어느새 화원 앞이다. 마당의 꽃과 나무들이 또 다른 모습으로 나를 맞이한다. 그 새 꽃을 밀어올려 십여 마리의 꿀벌을 불러들였다. 그들에게서 눈을 돌린 나는 마시다 만 커피 텀블러를 음료대에 내려놓는다. 이제 나의 일터에서의 새로운 하루가 시작된다. 오른손을 천천히 비틀어 시동을 끈다.

2 빠르게 흐르는 오후

다시 시동을 건다. 트렁크에 화분 여러 개를 싣는다. 행사가 몰린 걸 보면 오늘은 좋은 날인가 보다. 휴대폰대리점에 배달할 화분은 자리를 크게 차지하지 않는 스투키이다. 모델하우스에는 덩치가 큰 '고무나무'로, 식당에는 돈을 많이 벌라는 뜻이 담긴 '금전수'로 정했다. 리본 글씨가 주문한 사람의 마음을 고스란히 담고 있다. '대박나세요', '원하는 대로 되소서', '밤새 돈세다 잠드세요' 등이다. 리본 글씨를 받아 적으면서 꼭 이렇게까지 써야 하나 하며 웃음을 짓지만 그들의 간절함을 생각하면 금세 진지해진다.

기분이 가라앉을 때는 라디오 볼륨을 좀 더 높인다. 눈치 빠른 오후의 진행자는 경쾌한 팝송을 틀어준다. 간간이 섞이는 뉴에이지 음악에도 빠져볼 만하다. 축하 리본이 달린 화분이 룸미러 안에서 자동차의 속도에 맞춰 몸을 움직인다. 배달 동선이 길어서 좋을 때도 있다. 특별히 방해하는 이도 없으니 그때야말로 사색하기에 좋은 시간이다.

송나라의 문필가 구양수歐陽修는 시문詩文을 생각하기에 좋은 장소로 삼상三上을 거론했다. 마상馬上, 침상枕上, 측상廁上 중 나는 현대판 마상馬上을 택한 것이다. 번개처럼 빛나는 아이디어는 아닐지라도 운전을 하면서 가장 많은 생각들이 떠오르고 또 정리된다. 어떤 때는 갓길에 차를 세우고 번뜩 떠오르는 글감을 메모지에 적기도 한다. 좀처럼 풀릴 것 같지 않던 고민도 이 공간에서는 그 갈래가 보인다. 스스로 나를 키우고 격려하는 곳이 있다는 것만으로도 위안이 된다.

돌아오는 길은 홀가분하다. 화분을 채울 공간을 되찾고 일터로 향하는 일이 즐겁다. 차창을 연다. 바람은 제 몸의 마디를 꺾어 주저하지 않고 나만의 공간 안으로 들어온다. 빠르게 흐르는 시간 속으로 바람은 스며든다. 감촉이 상쾌하다. 주차장에 도착하여 될수록 나는 천천히 시동을 끈다.

#3 드러눕는 저녁

다시 시동을 건다. 집으로 가는 길은 새로운 일이 벌어질 내일을 만날 수 있는 희망이다. 또한 하루를 잘 보냈다는 신호이고 이제 휴식을 취해도 좋다는 허락이다. 어김없이 라디오가 연결되고 진행자의 목소리는 오늘 따라 왠지 버터를 바른 듯 느끼하다. 그는 프랑스어를 능숙하게 소화하고 음악을 해석하는 능력이 탁월하다. 세상의 모든 음악을 섭렵한 듯한 박식함 또한 한몫한다. 그로 인해 어렵게만 여겨졌던 유럽의 고전음악에 깊이 빠져드는 중이다.

집으로 가는 길은 태양이 오른쪽으로 기운다. 나는 그 길을 따라 내려간다. 내려앉는 땅거미처럼 음악은 긴 여운으로 내 마음에 가라앉는다. 어둑해진 서쪽 하늘로 초여름의 후텁지근한 바람이 지나간다. 그때 J에게서 전화가 걸려왔다. 나는 해가 지는 쪽으로 차를 세웠다. 그녀의 목소리는 무거웠다. 고향집에 홀로 계신 친정어머니가 위독하다고 했다. 문득 늙어가는 부모를 위해 우리가 할 수 있는 일은 아무 것도 없더라고 말하며 어깨를 떨어뜨렸던 몇 년 전의 친정오라버니의 얼굴이 떠올랐다. 어쩌면 우리는 정답이 없는 세계에서 갈팡질팡하고 있는 건지도 모르겠다. 나는 한마디 위로의 말조차 친구에게 건넬 수가 없었다. 오늘이 빨리 저물어 아늑한 어둠에 물들기를 바랄 뿐이었다.

주차장에 도착한 나는 시트 등받이를 뒤로 누이고 등을 깊게 파묻는다. 그 안으로 펫 메스니Pat Metheny의 곡이 파고든다. 그의 연주는 집으로 가는 시간을 더디게 한다 해도 반갑다. 아련한 설렘이 묻어나는 음률을 따라 피로가 일시에 등 밑으로 가라앉는다. 살짝 창문을 열고 긴 여운을 남기는 음악에 귀를 맡긴다. 지금쯤 J는 조금이라도 기운을 차렸을까. 살며시 시동을 끄면서 하루를 접는다.

 # PS 어쩌다 받는 선물

빗방울이 차 지붕을 두드리는 즉흥연주에 반해서 비 오는 날이면 무작정 차에 오른다. 다시 시동을 걸고 데이비드 러셀의 CD를 밀어넣는다. 기타 줄의 튕김과 자동차 지붕에 닿는 빗소리가 절묘한 조화를 이룬다. 비 오는 날에는 기타 연주만한 게 없다. 나는 가끔 러셀의 연주하는 모습이 담긴 동영상을 찾아서 본다. 그때마다 그와 같은 공간에 있는 듯한 기분을 느낀다. 가로등 불빛을 배경삼아 무대에 앉은 러셀은 자유자재로 기타를 연주한다. 나는 그의 맞은편 의자로 가 앉는다. 조금은 건방져 보이는 모습으로 등을 제치고 그의 음악에 집중한다. 단발머리의 러셀이 기타 줄을 튕기며 고개를 갸웃할 때면 나는 그에게 옅은 미소를 건넨다.

또르르 또르르. 빗방울이 차창을 흘러내리듯, 그의 손가락은 유연하게 기타 줄을 튕긴다. 하루 종일 나를 따라 부유하던 먼지조차도 차분히 가라앉는 시간. 그의 연주는 절정에 이른다. 나는 그제야 비로소 모든 것을 내려놓은 듯 자유롭다.

가만히 시동을 끈다. 나를 에워싸는 반 평의 어둠. 이제 마음 놓고 내 속으로 빠져드는, 깊은 적요寂寥의 시간이다.

제5부

유리문 안에서

그 여자, 재스민 · 오리 선생 · 슬픈 목요일
유리문 안에서 · 민들레 그녀 · 그녀가 토라졌다
악몽이 사라지는 법 · 완벽한 행복을 꿈꾸는 법 · 해피트리

그 여자, 재스민

"봄과 여름, 그리고 가을에는 어쩔 수 없이 애인을 남들과 나눠 갖게 돼요. 겨울이 오면 그때서야 애인은 온통 제 차지가 되는 거예요. 겨울 내내 나는 꼼짝하지 않고 애인과 이불 속에서 사랑을 속삭이지요. 저에게 이스탄불은 그런 겨울 애인과도 같은 곳이에요."

이스탄불의 겨울에 흠뻑 빠져보라는 말이었다. 모든 것이 정지된 듯 고요가 흐르는 겨울 이스탄불. 그 속에서 그녀가 무희처럼 두 팔을 벌리고 몸을 느리게 흔들면서 터키 가요인 〈아름다운 이스탄불〉을 한 소절 불렀다.

몇몇 사람들과 터키를 여행 중이었다. 그녀는 우리의 현지 여행가이드이며 나와 알고 지낸 지는 7년쯤 되었다. 하루 일정을 마치면 그녀와 나는 숙소를 벗어나 히포드롬 광장을 마냥 걸었다. 광장에는 현지인보다도 외국인이 더 많았다. 낯선 풍경이 전혀 낯설지 않았다. 구름 낀 밤하늘도, 몸을 휘감는 바람도, 왠지 익숙한 느낌이었다. 한겨울이라 바람에 한기가 느껴졌지만 겉옷을 벗어던져도 좋을 만한, 그런 바람이었다. 우리나라의 11월 날씨라고나 할까.

로마시대 대경기장 유적지인 광장에는 오벨리스크가 그 위용을 한껏 뽐내고 있었다. 가까이에 블루모스크와 성소피아 성당이 있는 곳, 그런데도 나는 이스탄불의 매력을 엉뚱하게도 구석진 골목에서 찾았다. 골목을 수놓고 있는, 수천 년은 되었음직한 바닥 돌, 집집마다 내놓은 튤립이며 제라늄 화분에서 터키 사람들의 넉넉함을 느꼈다.

골목을 벗어날 즈음 그녀가 선머슴같이 겅중거리며 두어 발쯤 앞서 걸었다. 습관처럼 무슨 노래인가를 흥얼거리다가 휙 돌아 나를 보고는 장난스런 표정을 지으며 함박꽃처럼 활짝 웃었다. 그러고는 다음엔 꼭 혼자 오라며 손나팔을 만들어 말했다. 그녀의 목소리가 깊은 바다 속 같은 하늘에 폭죽처럼 터졌다가 흩어졌다. 그 사이로 간간이 구름이 흘렀다. 그녀는 '아, 살 것 같다' 하고는 크게 숨을 뱉어냈다. 하늘을 보며 양팔을 벌린 그녀에게서 왠지 모를 외로움이 묻어났다.

그때 어둑한 허공 속에서 흥얼거리는 소리가 들려왔다. 첫 소리가 들리고 그 뒤를 따라 누군가 다시 흥얼거렸다. 이어 여기저기에서 같은 소리가 돌림노래 하듯 따라왔다. '아잔' 소리다. 그녀와 나는 약속이라도 한 듯 그 자리에 서서 귀를 기울였다. 터키에서는 어디에 있든 이슬

람교의 예배 시각을 알리는 아잔adhan 소리를 하루에 다섯 번 들을 수 있다. 나는 그 소리가 좋다. 그 소리를 듣다 보면 좀 어수선했던 기분도 이내 가라앉고 마음이 평안해짐을 느낀다. 영혼이 맑게 정화되는 기분이 들기도 한다. 천팔백 년 전에 말을 탄 병사들이 한바탕 먼지를 날리며 지나갔던 이곳 히포드롬 광장에 그 시간만큼은 깊은 고요가 흘렀다.

십여 일의 일정이 지나갔다. 한국음식이 그리울 즈음, 그녀는 나를 자기 집으로 초대했다. 정갈하면서도 재미있어 보이는 주방은 마치 소꿉놀이처럼 아기자기한 살림살이들로 가득했다. 집안 곳곳에 빨강색 장식품들이 빨간 벽지와 조화를 잘 이루고 있었다. 그녀는 빨강색이 좋다고 말했다.

식사 후 차를 마시며 그녀는 작정한 사람처럼 주섬주섬 지나간 자신의 이야기를 꺼냈다. 이야기를 하다가 눈물을 글썽이기도 하고 쑥스러운지 어깨를 추켜세우며 멋쩍게 웃기도 했다. 그녀의 눈물에 나는 당황스러웠다. 타국에서 마음 줄 이가 없어 많이 외로웠던가 보다. 여행가이드라는 직업상 늘 쾌활한 표정을 지을 수밖에 없었겠지만 그녀가 웃는 건 웃는 게 아니었는지도 모른다. 며칠 동안의 해맑았던 모습이 아프게 다가왔다.

잘 나가던 아버지 사업이 삐걱거린다 싶더니 삽시간에 무너졌고, 모든 짐이 한꺼번에 그녀에게 던져졌다. 혼자 해결해야 한다는 걸 직감적으로 느낀 그녀는 그 일이 정리되자 홀연히 짐을 쌌다. 나는 그녀가 하필 터키를 택한 이유가 궁금했다. 그녀는 버릇처럼 해맑게 웃으며 당시에는 한국을 떠나지 않으면 못 살 것 같았다고 했다. 무작정 짐을 싸 도망치듯 고국을 빠져나와 여러 나라를 여행하던 중에 유독 마음이 끌리는 곳이 터키였단다. 어쩐지 전혀 낯설지 않았다고 했다. 사람들의 생김새도 거부감이 없었고, 말소리도 멀리서 들으면 우리말처럼 들렸으며, 무엇보다 음식들이 한동안 입맛을 잃고 있었던 그녀를 행복하게 해 주었다. 찻잔에 뜨거운 물을 가득 채우며 그녀는 다시 무슨 노래인가를 흥얼거렸다. 나는 말없이 그녀를 바라보았다. 그녀가 흐릿하게 웃으며 말했다.

"10년 전에 이스탄불에 도착해 짐을 몽땅 도둑 맞았어요. 주머니에는 달랑 67달러뿐이었죠. 참으로 막막했어요. 하도 기가 막히니 눈물도 안 나데요."

낯선 땅에서 사람과 문화에 적응하기도 전에 짐과 여비를 도둑 맞고 얼마나 난감했을까. 오롯이 혼자가 된 적막감에 서럽고 두려웠을 그녀를 생각하니 내 일인 양 마음이 착잡해졌다.

문득 3년 전 인근 도시로 화원을 옮긴 후 나에게 들이닥쳤던 일이 떠올랐다. 한순간에 모든 것을 날리고 허허벌판에 혼자 서 있었던 그때, 지금도 그 생각을 하면 가슴 한켠이 저리고 아프다. 사업을 하면서 몇 번 부모형제의 도움으로 어려움을 극복하곤 했던 나는 이번의 일까지 가족에게 신세를 지고 싶지 않았다. 고만고만한 형편임에도 내가 비틀거릴 때마다 용기를 주며 다독였던 형제들이 아니었나. 더 이상 손을 벌릴 수는 없는 일이었다. 나도 그녀처럼 기울어질 기미를 느꼈을 때 바로 훌훌 털어버리고 새롭게 시작했다면 2년여의 속앓이는 하지 않아도 되었을지도 모른다. 더 이상 기댈 곳이 없게 되었을 때에서야 모든 사실을 인정했고, 그 결과 텅 빈 주머니만 만지작거려야 했다.

그녀는 살면서 적을 만들지 않으려 했다고 했다. 알고 보면 이해 못 할 사람이 없더라는 것이다. 터키 청년과 8년 동안 사귀었지만, 끝내 문화적 갈등을 이기지 못하고 헤어졌다고 했다. 만약 그때도 뭉그적거리며 만남을 이어왔더라면 서로 안 좋은 기억만 남겼을 것이라고 하며 흘러내린 머리카락을 이마 위로 쓸어 넘겼다. 그런 그녀에게서 뭔지 모를 여유가 느껴졌다.

"모든 일에는 다 때가 있는 건가 봐요. 나는 그런 걸 직감적으로 느껴요. 이때다, 하는 감이 오는 거예요. 그 남자와도 딱 그만큼이었어요."

왕구슬만한 눈을 깜박거리며 장난스럽게 그녀가 웃었다. 그 순간 나는 그녀가 홀로서기를 제대로 할 줄 아는 여자라고 생각했다. 나쁜 일도 좋은 생각으로 정화할 줄 아는 지혜로운 여자, 상처를 스스로 치유할 줄 아는 여자, 험한 일이 닥쳐도 피하지 않고 당당하게 맞서는 당찬 여자가 바로 재스민이었다. 그녀는 삶을 긍정적으로 받아들이며 즐길 줄 아는 그런 여자였다. 그런 그녀가 나는 마냥 부러웠다. 탁자에 놓인 찻잔을 양손으로 감싸들며 그녀가 말했다.

"책 내려고 준비 중이에요. 터키 생활 10년을 정리한 책이 이 세상에 빛을 보게 되면, 그때 나의 지난 이야기도 수천, 수만 마리의 물고기가 되어 드넓은 지중해를 헤엄칠 것 같지 않나요?"

혼자서 아파한 시간들은 무엇과도 바꿀 수 없는 소중한 추억이라며, 가슴속에 묻어둔 이야기를 기꺼이 펼쳐놓겠다고 했다. 그 이야기들이 궁금해졌다. 푼수처럼 시도 때도 없이 웃고 선머슴처럼 건들거렸던 그녀도 내일모레면 오십이다. 그녀에게서 알맞게 성숙된 여인의 향기가 느껴졌다.

여행에서 돌아온 지 며칠. 그새 그녀가 그립다. 눈을 감고 가만히 그녀의 이름을 불러본다. 백육십 센티도 채 안 되는 작은 키의 그녀가 와락 안겨올 것만 같다. 덩치에 비해 날렵한 몸으로 보스포러스 해협이 훤히 내려다보이는 식당으로 브런치를 먹으러 가자고 금방이라도 내 손을 잡아끌 기세다. 나는 마지못해 그녀를 따라 주섬주섬 겉옷을 걸친다. 현관문을 밀치고 밖으로 나서면 히포드롬 광장의 그 바람이 마음을 놓아버리고 사는 우리, 두 여자를 힘껏 감싸 안아줄 것만 같다.

터키에 있는 그녀에게 짧은 편지를 보낸다.

"조만간 나올 당신의 책은, 그 글을 읽는 모든 이에게 살아갈 이유를 알게 해줄 나침반이 될 거예요."

그녀와 나의 인연에 대해 잠시 생각해본다. 이번 여행이 아니었다면 우리는 그저 여행자와 가이드 사이로 남았을 것이다. 서로 어떤 점에 끌렸는지 모르겠지만 이제 그녀와 나는 무거운 아픔을 함께 나눠 가볍게 만드는 친구가 되었다. 어쩌면 아직 마음속 어느 깊숙한 곳에 아픔이 머물러 있을 그녀에게 위로가 되라고 바람이 내 등을 떠밀어 터키로 향하게 한 것은 아니었을까.

늦은 감이 있지만, 그녀가 그랬던 것처럼 나도 지난 아픔을 이제는 잊어볼까 한다. 그녀가 이스탄불을 사랑하고 그곳의 하늘을 아끼듯 이제는 양주의 하늘을 마음껏 품어보고 올려다볼 것이다.

지갑에서 그녀의 명함을 꺼낸다. 명함 속 재스민이 활짝 웃는다.

오리 선생

7년 전, 한 남자가 수필 공부를 함께할 수 있겠느냐고 전화를 해왔다. 내가 속한 문학동아리는 막 창간호를 내고 회원을 모집하던 중이었다. 사무국장을 맡았던 나는 그의 전화를 받고 궁금해하는 것들에 대해 설명해주었다. 몇 번의 대화가 오갔을 뿐인데도 마치 오랜 친구처럼 그는 친근감 있게 다가왔다.

작품 합평을 하던 곳은 회원이 운영하는 식당이었다. 직장에 다니는 회원을 위해 수업은 주로 저녁 시간에 이루어졌다. 식사를 마치고 막 수업에 들어갔을 때였다. 웬 남자가 멋쩍은 표정으로 들어서며 나에게 인사를 하였다.

"제가 이 아무개입니다. 얼굴 보고 실망하셨지요?"

나를 보고 하는 말이었다. 나는 어깨를 들썩 추켰다 내리고는 그를 올려다보았다. 남성의 외모를 두고 실망하고 말고 할 이유가 있을까. 더군다나 그는 얼굴이 못생긴 편도 아니다. 다른 남성에 비해 얼굴이 조금 더 크고 작은 점이 많았을 뿐이다. 깔끔하고 매너 있는 그가 아무리 못생겼다고 해도 그의 좋은 점에 모두 묻힐 일이었다.

그는 웬만해서는 수업에 빠지는 일이 없었다. 매주 글 한 편을 챙겨오는 일도 잊지 않았다. 자신의 글이 도마 위에서 어떤 난도질을 당해도 인상을 찌푸리거나 얼굴을 붉힌 적이 없었다. 그저 자신은 배우러 온 사람이니 잘 가르쳐달라는 식의 자세로 일관할 뿐이었다.

잘났지만 그는 잘난 체하지 않는다. 가졌지만 가진 티를 내지도 않는다. 세상에는 자기를 돋보이게 하기 위해 포장을 화려하게 하는 이들이 넘쳐난다. 포장이 요란할수록 그 안에 숨은 자신의 실체가 얼마나 초라해지는지 그들은 모른다. 나라고 예외일까. 무식한 게 탄로날까봐 말을 아끼고, 교양 있는 척 말과 행동을 꾸미지 않았나. 없는 티 내지 않으려고 겉치장에 빼앗긴 시간은 또 얼마였던가. 나와 다른 그의 솔직함과 순박함 앞에서 종종 고개를 숙이곤 한다. 어리석은 나는 우유부단하게 보이는 그의 성격이 마뜩잖아 하지 말아야 할 간섭을 가끔 하기도 했다. 그 나름의 사는 방식임을 모르고 한 나의 그릇된 참견이었다. 그럴 때마다 그는 나의 철없음과 아둔함을 탓하지 않고 그저 웃음으로 대신했다.

그의 글은 마치 흥미 있는 소설처럼 읽는 이를 이야기 속으로 끌어들인다. 평범한 소재를 가지고 남다른 접근을 하는 그의 재주가 부럽다.

자신의 글은 일기 수준이라며 부끄러워할 때는 그가 얄밉기까지 하다. 그의 글에는 삶의 희로애락이 묻어 있다. 가난했던 그가 소년기를 잘 버텨나가는 글을 읽으면서는 그 소년이 참으로 대견스러웠다. 군에 다녀와 취직을 할 때까지 그의 인생은 눈코 뜰 새 없이 분주했다. 아버지의 가난을 조금이라도 덜어드리고자 밤낮으로 동동거리는 어머니 밑에서 그가 할 수 있는 일은 하루 빨리 취직해 두 분의 어깨를 조금이라도 펴드리는 것이었다. 독서실 사용료가 없었던 그는 독서실에서 총무일을 하면서 목표한 기업에 취직하기 위해 공부를 게을리하지 않았다. 다음 해 모 기업에 취직했고 몇 년 후 결혼을 하여 세 명의 자녀를 두었다. 그는 나보다 여덟 살 위다. 마흔이 넘어 얻은 늦둥이 아들에게 아빠의 사랑을 전해주고자 육아일기를 썼다고 한다. 일기가 하나씩 쌓여감에 따라 책으로 묶어보고 싶다는 바람이 일었다. 아들에게 이보다 더 큰 아빠의 선물은 없을 것이라는 생각에서였다.

그가 문학회에 가입한 지 3년쯤 되었을 때, 나는 사정이 생겨 그곳을 탈퇴했다. 그 후로 한동안 글을 쓰지 못했다. 글뿐 아니라 글과 관련된 모든 일에서 손을 떼고자 했다. 그런데 그는 자신이 쓴 글을 하루가 멀다 하고 나에게 이메일로 보내왔다. 다른 이의 글을 보내기도 했다. 어떤 때는 초고이니 각오하고 봐야 할 것이라며 그야말로 말도 되지 않는 글을 보내서 나를 황당하게 하기도 했다. 나는 그가 보내는 글을 빠짐없이 읽었고 내 의견을 달아 그에게 보냈다. 나중에 알았다. 내가 잠시나마 쉬는 사이 글 감각이 떨어질까 봐 도리가 아닌 걸 알면서도 귀찮게 글을 보냈다는 것이다. 덕분에 나는 글 쓸 계기가 다시 왔을 때 3년간의 공백기를 별 어려움 없이 이겨낼 수 있었다.

그는 여전히 글을 쓰면 내게 제일 먼저 보낸다. 어딘가에서 원고청탁서가 와도 어떤 글을 보내면 좋을지 상의한다. 하다못해 무슨 잡지를 구독하면 좋을지를 묻기도 한다. 또한 어떤 모임에 가면 글 잘 쓰는 사람을 만날 수 있는지, 어떻게 하면 좋은 글을 쓸 수 있는지, 그의 질문은 쉴 새 없다. 나는 그의 갈증을 풀어줄 만한 사람이 못 된다. 글 실력도, 인생을 살아온 이력도 그보다 못하다. 많이 배운 것도 아니고 아는 게 많지도 않다. 다만 글동네에 먼저 들어왔다는 이유 하나로 나를 깍듯이 대접하고 예를 갖추는 그를 보면 여전히 마음이 무겁다.

오리는 알에서 깨면 가장 먼저 눈을 맞춘 이가 어미인 줄 안다고 한다. 나는 〈TV동물농장〉을 즐겨본다. 그 프로에서 농장 주인이 자신의 어미인 줄 알고 주인의 발꿈치를 종일 따라다니던 오리를 본 적이 있다. 마음이 짠하면서 한편으로는 저럴 수도 있나 싶어 의아했었다. 그가 바로 오리 같은 사람이다. 단 한 통의 전화로 나를 파악한 듯 7년이 지났는데도 한결같은 마음으로 대한다. 서로 의견이 맞지 않을 땐 언성을 높이거나 인상을 찌푸리다가도 언제 그랬냐는 듯 금세 환하게 웃으며 먼저 다가온다. 내가 아프면 걱정해주고 힘들 때는 응원도 아끼지 않는다. 피를 나눈 형제가 아니고서야 있기 어려운 일이다. 그가 내가 아닌 다른 유능한 작가와 연이 닿았다면 어땠을까. 충직하고 순일한 오리의 본능에 따르자면 부족한 내가 어미가 되어서는 안 되었다. 도대체 그는 나의 어떤 면을 보고 믿음을 키운 것일까.

부족하고 문제가 많은 '어미'에게 다 큰 '오리'는 오늘도 자신의 고민을 겁 없이 털어놓는다. 그럴 때마다 나는 고맙고 미안하다. 매번 덕을 보는 쪽은 나인데 그에게서 과분한 마음을 받고 있으니 무엇이 잘못되어도 한참 잘못되었다. 하지만 한편으로는 무언가 뿌듯하게 차오르는 듯한 충만감을 느낀다. '갈 지之' 자로 걷지 말아야지 하고 다짐하노라면 내가 되레 그의 오리새끼가 되어버린 것 같은 생각이 들기도 한다.

슬픈 목요일

평소 가깝게 지내던 분의 어머니가 돌아가셨다. 자식 일이라면 발 벗고 나서던 분이다. 그 분의 영향력은 동네에서도 대단했다. 마을에 일이 생기면 누구보다도 명쾌한 답을 내리곤 하였다.

나는 문득 오늘이 슬픈 목요일이라는 생각이 들었다. 새벽 내내 가을비가 내리더니 집을 나서서도 축축한 기운 그대로였다. 꽃시장에 갈 때에도 자꾸만 가라앉는 기분을 어쩌지 못하고 음악에 몸을 맡겼다. 하필 빨간 장미꽃을 한아름 안고 그 향기를 맡는 순간 휴대폰에 부고가 뜬 것이었다.

슬펐다. 어떻게 표현해도 그보다 나을 것 같지 않았다. 화원을 향해 반 시간여 달려오는 내내 그 분의 생전 모습이 눈앞에 아른거렸다.

문병을 다녀온 지 일주일도 채 되지 않았다. 추석 무렵 인사차 갔을 때도 병색이라곤 찾아볼 수 없을 만큼 정정했다.

그 분은 정이 많아서 어려운 이들을 보면 그냥 지나치지 않았다. 하지만 경우를 따져야 할 때는 분명한 분이었다. 아들이 속한 문학동아리에서 수업을 할 장소가 마땅치 않았을 때, 저녁 식사를 손수 차려놓고 자리를 마련해주었다.

형제가 많은 집안의 나에게 김장김치를 챙겨주었고, 특별한 먹거리라도 생기면 전화를 했다. 나는 핑계를 대고 거의 가지 않았다. 한동안 그 집에 세 들어 살 때에도 나를 귀찮게 할 때가 많았다. 마치 당신의 딸 다루듯 사사건건 간섭하기 일쑤였다. 하다못해 계절이 바뀔 때마다 한참 젊은 나의 건강까지 챙겨줄 정도였다. 가족처럼 함께 식사하기를 좋아했다. 그때도 나는 핑계를 대며 피하곤 했다. 그 분의 성품이 원래 그런 줄 안 것은 그 집을 나오고 한참 지나고 나서였다.

이태 전, 그 분의 딸은 말기 암 선고를 받고 삶의 기로에서 숨을 고르고 있었다. 꼬박 2년여를 딸을 간병하느라 병원에서 생활을 했다. 퇴원해서도 한동안 딸의 곁을 떠나지 않았다. 딸은 기적처럼 몸이 좋아져 가족에게로 돌아갔다.

당신한테도 암덩어리가 자라고 있음을 안 것은 그로부터 얼마 뒤였다. 몇 차례의 입원과 수술을 했다는 소식을 전해 들었지만 웬일인지 그리 심각할 거라는 생각은 들지 않았다. 수술 후에도 내 눈에는 평상시의 그 분의 모습 그대로였다.

그런데 며칠 전 문병을 갔을 때는 전혀 달랐다. 크고 분명한 목소리로 '자네 왔는가'라고 말씀하던 그 모습은 온데간데없었다. 암이 뼈 속까지 전이되었으며 작은 충격에도 뼈가 부러진다고 했다. 골절된 오른쪽 팔에 깁스를 하고 '박 씨인가' 하며 허공을 향해 흐린 눈동자를 굴렸다. 이럴 수도 있나. 목이 메었다. 나는 창밖을 향해 몸을 돌렸다.

빗줄기가 점점 굵어진다. 돌아오는 길 한편에 자동차를 세우고 그 분의 목소리를 잠시나마 기억해보는 중이다. 그때, 저 한 가예요, 하고 대답할 걸 그랬나 보다.

유리문 안에서

유리창 밖을 내다본다. 그녀의 모습은 보일 기미가 없다. 약속시간을 어기는 사람을 이해하지 못한다기보다는, 먼저 나와 언제 올지 모를 사람을 기다리고 있는 내 모양새가 짜증날 때가 있다. 바보가 된 듯한 기분이 드는 것이다. 오늘 내가 그랬다.

얼마 전 피치 못하게 화원을 2주 가량 비우게 되었을 때, 한 동네 사는 L과 그녀의 딸이 돌아가며 일을 봐주었다. 대충 넘어가도 좋을 일도 꼭 나와 상의하며 꽃을 사가는 손님이 불편하지 않도록 성의를 다했다. 덕분에 나는 병원에서 편히 지낼 수 있었다. 수고한 대가야 당연히 치러야 하겠지만 왠지 그것만으로는 부족한 생각이 들었다. 식사를 대접하고 싶었다. 이러저러 만날 기회가 많은 L보다는 경찰공무원 시험 준비 중인 그녀의 딸과 시간을 맞추기가 어려웠다. 어렵사리 며칠 전에야 약속을 잡아놓았고 오늘이 그날이다.

접대에 서툰 나는 젊은 아가씨를 어디로 모셔야 할지 걱정이었다. 요즘 아이들이 좋아하는 음식은 무엇이며 어떤 분위기의 식당을 좋아하는지도 고민스러웠다. L은 나에게 알아서 정하라고 했다. 고심 끝에 화원에서 반 시간 가량 걸리는 유명 돈가스 전문점으로 정했다.

5월 중순을 갓 넘겼을 뿐인데도 날씨는 한여름이었다. 마당에 내놓은 꽃들이 모두 고개를 숙였다. 아침에 물을 주었지만 턱없이 부족한 모양이다. 시계바늘은 여섯 시를 넘고 있었다. 서둘러야 했다. 수도꼭지를 열어 당장 물이 필요한 꽃들부터 축여주었다. L에게 출발했다는 문자를 넣고 시동을 걸었다. 식당에 거의 도착했을 때 그녀에게서 답장이 왔다.

"어디로 가?"

하마터면 급브레이크를 밟을 뻔했다. 기껏 상의해서 정한 식당을 잊어버리다니. 더욱 기가 막힌 건 그녀가 아직도 출발을 하지 않았고, 지금 바로 출발한다 해도 나는 반시간 정도는 족히 기다려야 한다는 사실이다. 시간을 쪼개 써야 하는 사람이 있다. 나도 그 중 한 사람이다. 약속이 있으면 되도록 그 시간 안에 도착할 수 있도록 알람을 맞춰둔다. 서둘러 간다 해도 도로 사정에 따라 변수가 생길 수 있기 때문이다. 약속을 정하면 잊어버리지 않도록 수첩에 메모를 해둔다. 언젠가 약속을 펑크 낸 후부터 생긴 습관이다. 세상에 하찮은 약속이란 없다. 상대가 누구든, 중요한 일이든 아니든 약속에는 책임이 따른다. L은 오늘 나를 잘못 보았다. 마냥 기다려줄 수 있는 너그러운 사람으로 생각한 모양이다.

L에게서 다시 문자가 왔다.

"남편이랑 같이 가도 돼?"

부아가 치밀었다. 남편까지 챙겨 데리고 오려면 출발은 더 늦어질 수밖에 없지 않은가.

허비해버린 시간도 벌 겸 애써 마음을 다독이며 그들이 오면 바로 먹을 수 있도록 음식을 주문했다. 그녀의 남편 몫까지 4인분을 주문하는데, 종류가 많아 쉽게 정할 수 없었다. 돈가스를 전문으로 하는 집이니, 우선 직원이 추천하는 돈가스를 선택했다. 샐러드와 피자, 파스타를 곁들여 시켰다. 그리고 맥주 두 병도 주문했다. 그런데 평소 더디게 나오던 음식이 생각보다 빨리 나왔고 파리가 이따금씩 관심을 보이며 기웃거렸다. 손으로 쫓아보지만 헛수고였다. 주변 사람들이 나를 이상한 듯 쳐다보았다. 한 상 가득 음식을 차려놓고 혼자서 마냥 앉아 있는 모습이 그들에겐 별스럽게 보였던 모양이다. 시계를 들여다보았다. 아직도 도착하려면 멀었다.

나는 가방을 열어 책을 꺼냈다. 일본작가 나쓰메 소세키의 산문집 『유리문 안에서』이다. 이 책은 작가가 세상을 떠나기 전에 썼던 산문들로 아사히신문에 연재했던 것들이다. 만년에 이른 작가의 인간관과 인생관을 들여다볼 수 있는, 느리게 읽어야 더 좋을 책이다. 나는 L이 빨리 도착하기를 기다리며 책을 펼쳤다. 그리고 천천히 읽었다.

그의 글은 소재들이 너무나 평범하고 보편적이었다. 하지만 거슬리지 않는 문장하며 자연스러운 상황 묘사, 사소한 일상마저도 오랫동안 눈을 머무르게 했다.

나쓰메 소세키는 어느 날 유리문 안에서 한 잡지사의 취재원과 사진 때문에 실랑이를 벌인 일이 있었다. 환하게 웃는 인물사진을 선호하는 잡지의 특성상 작가에게 웃기를 권했지만 고집불통인 작가는 꿈쩍도 하지 않았다. 웃어달라고 사정할수록 그의 표정은 더 굳어졌다. 며칠 후 사진을 받아본 작가는 낯선 자신의 모습과 마주했다. 쓴 웃음을 짓고 있는 모습으로, 사진에 손을 댄 흔적이 엿보였다. 나는 그가 푸념처럼 적어놓은 재미있는 문장 하나를 작은 노트에 옮겨 적었다.

> 나는 태어나서 지금까지, 사람들 앞에서 웃고 싶지도 않은데 웃어 보인 경험이 몇 번 있다. 그 거짓이 지금 이 사진사로 하여 복수를 당하고 있는 건지도 모르겠다.

책을 덮고 휴대폰을 열어 L에게 문자 메시지를 보냈다.

"그만 기다리게 하고 빨랑와. 그리고 당신은 손들고 밥 먹어!"

시간을 지키지 않는 사람을 5분 이상 기다리지 않던 때가 있었다. 내 나름의 철칙이었다. 그래야 늦게 오는 사람을 욕하지 않아도 된다는 합리적 사고에 의한 것이었다. 그런데 지금 나는 5분의 몇 곱절이 되는,

40분도 넘게 그녀를 기다리고 있다.

칼같이 잘라냈던 시간에 복수를 당하는 것인가, 나는 지금 그녀를 기다리며 하염없이 유리문 밖을 내다보고 있다.

민들레 그녀

보도블록 틈새를 비집고 민들레가 피었다. 마당을 정리하며 웬만한 풀들은 뽑는 편인데 미처 보지 못했나 보다. 민들레는 블록에 납작 몸을 붙인 채 피었다. 그냥 지나칠 수도 있는 하찮은 꽃. 그래서 자신을 알리기 위해 그 꽃은 더욱 샛노랗게 피어났나 보다. 나는 쭈그리고 앉아 꽃과 눈을 맞추었다. 그 꽃 위로 예전에 중심을 잃고 방황하던 어떤 날의 그녀가 오버랩 되었다.

그녀는 20대 초반을 함께 보낸 친구이다. 언제부터인가 그녀의 웃는 얼굴 뒤편에는 왠지 모를 외로움이 그림자처럼 붙어 있었다. 좀처럼 자신을 내보이지 않던 그녀는 어느 날 민들레 홀씨가 되어 홀연히 미국 어딘가로 떠났다.

잠깐 동안 직장생활을 한 적이 있다. 그때 그녀를 만났다. 얼마 못 가 결핵에 걸린 나는 직장을 그만두었다. 짧은 기간이었지만 그녀와의 시간은 무엇과도 대신할 수 없었다. 그녀는 직장에서 인기가 많았다. 밖에 나가도 관심을 한 몸에 받곤 했다. 늘씬한 키에 희고 깨끗한 피부가 영락없이 세련된 도시여인이었다. 그녀를 더욱 돋보이게 한 것은 활달한 성격이었다. 그녀와 함께 있으면 덩달아 나도 그렇게 보일 것만 같았다. 맘에 드는 친구가 있어서 좋았다. 그런 그녀가 사귀던 사람과 헤어졌다며 방황하기 시작했다. 마치 그 사람이 인생의 전부인 것 같았다. 그녀의 눈빛이 다시는 사랑하지 않을 거라고 말하는 듯했다.

그때 내가 이런 말을 했지 싶다. '사람의 마음은 누구도 잡을 수 없는 것'이라고. 어디에 정착할지 모르고 바람결에 실려 떠나는 민들레 홀씨와도 같은 것이라고. 나는 그런 말을 하면서 그녀를 위로했던 것 같다.

지난 봄, 그녀에게서 연락이 왔다. 20여 년 만이다. 내 이름을 인터넷으로 검색하다가 내가 활동하는 카페 게시판을 노크한 것이었다. 나는 문체만 보고도 그녀인지 단번에 알 수 있었다. 걸핏하면 시골뜨기라고 나를 놀려대고 함께 식당에 가도 밥을 늦게 먹는다며 중간에 일어나 나가버렸던 장난꾸러기 그녀가 맞았다. 그때 나는 그녀가 아무리 나를 놀려도 밉지 않았다. 촌스럽다 구박을 하면서도 그녀 또한 나를 그림자처럼 챙기곤 했다. 갑자기 울컥했다. 이렇게 연락이 닿을 줄은 몰랐다. 이민을 간 그녀가 자리를 못 잡고 방황하고 있으니 정착할 때까지 연락하지 말아달라는 그녀 언니의 전화를 받고 잠시 연락을 끊었던 것인데 벌써 이렇게 강산이 두 번이나 훌쩍 바뀐 것이다.

그녀가 어떤 삶을 살았을지 짐작이 간다. 이민을 간 후로도 몇 차례 한국에 온 적이 있다. 그녀는 여전히 헤어진 사람에 대한 그리움을 떨쳐버리지 못하는 듯했고 서울도 지우지 못하고 있었다. 그녀의 방황이 얼마나 계속되었을지 충분히 짐작이 간다. 하지만 아팠던 시절은 그냥 그대로 놓아두는 게 좋다. 그리움을 뿌리삼아 살아가면 되는 것이니까.

모처럼 기다림과 설렘이 생겼다. 일상에 매몰되어 새로운 것이 무엇인지도 모른 채 지나온 날들이 많았다. 이제 다시 만날 수 있다는 희망과 기대가 꿈틀거린다. 그녀는 연말쯤 나를 라스베이거스로 초대하겠다고 호언장담한다. 크루즈 여행을 함께하면 좋겠다며 반드시 내가 와주기를 바란다고 한다. 가족이 가까이에 살고 있어도 여전히 그리운 이는 있는 법, 그녀도 나와 다르지 않았고 우리 마음은 그때 그대로였다.

그녀는 마흔이 넘어 결혼을 했다. 아이는 없다고 한다. 하지만 시댁식구들도 잘 해주고 남편 또한 따뜻한 사람이라니 다행스러운 일이다. 자신은 그들에게 꼭 필요한 사람이라고 했다. 그 말을 들으니 무척 좋아 보였다. 그런 그녀의 모습이 척박한 땅에서도 뿌리를 내리는 민들레와 닮았다는 생각이 문득 들었다. 뿌리는 뿌리대로 잎은 잎대로 어디 하나 버릴 것 없는 꽃, 약재로도 식재료로도 두루 쓰이는 꽃. 민들레로 만든 커피까지도 있다 하지 않는가.

우리는 함께 어울렸던 또 다른 친구를 찾아보기로 했다. 그녀처럼 갑작스럽게 연락을 끊었던 친구. 그때는 도무지 이해할 수 없는 상황이었지만 그럴 만한 사정이 있겠거니 했었다. 우정은 그런 것이 아닐까. 서운해하기보다는 이해하는 것. 이해하지 못한다면 그냥 덮어주는 것. 태평양 건너 먼 곳에 있는 그녀가 우연찮게 나를 찾은 것처럼 그 친구 또한 찾을 수 있기를 바란다.

민들레꽃이 지고 씨앗들이 솜사탕처럼 부풀었다. 흰 홀씨는 바람이 불면 금방이라도 어디론가 날아갈 것이다. 어쩌면 얼마 가지도 못하고 바로 턱 밑에 내려앉을지도 모른다. 그래도 기원해본다. 생명력 강한 민들레처럼 그 친구 또한 뿌리를 잘 내리고 꿋꿋하게 살고 있기를 바라면서.

민들레 씨앗이 바람에 올라앉았다. 멀리멀리 날아 무사히 안착하기를 빌어본다.

그녀가 토라졌다

나에게 종종 서운하다는 표현을 일삼던 친구로부터 며칠 전 이별을 통보받았다. 머리가 복잡했다. 갑자기 모든 일에 의욕이 나지 않을 정도로 나의 생활 리듬감은 깨져버렸다. 그녀가 서운했을 일이 무엇인지 고민해보았다. 쉽게 떠오르지 않았다. 친구의 찌푸린 얼굴을 보고도 왜 그러냐고 묻지 않는 나의 끈질긴 무심함에 끝내 토라졌는가 보다.

마음을 가다듬으며 화초에 물을 주었다. 잡생각이 많을수록 그것들을 잊으려 일에 몰두하곤 한다. 그런데 일을 하는 도중에도 문득 문득 그녀가 손에 걸린다. 걱정을 붙들고 있다고 그것이 해결되지는 않는다. 딱히 떠오르는 뾰족한 수가 없다면 그것으로부터 벗어나야 한다. 내친김에 화원 구석구석을 살폈다. 그동안 관심을 받지 못한 식물들이 일제히 항거 중이었다. 특히 안쪽에 놓인 스파트필름은 제풀에 지쳤는지 아에 미역줄기처럼 축 늘어졌다. 환풍기를 연결하고 통풍이 잘 되는 곳으로 자리를 옮겨 물을 듬뿍 주었다.

스파트필름은 반그늘에서 물만 주면 별 탈 없이 잘 자라는 식물이다. 그래서 처음 식물을 기르려는 사람들에게 추천하는 품종 중 하나이다. 늘어졌던 스파트필름은 한나절도 못 되어 언제 그랬냐는 듯 꼿꼿하게 일어설 것이다. 그동안 건네지 못한 관심을 다시 보이면 더욱 푸르게 빛을 내는 속성을 가졌다. 친구 역시 그런 존재였다. 심하게 토라졌다 싶어도 때가 되면 언제 그랬냐는 듯 찾아와 방실거렸다. 비 온 뒤에 땅이 굳어지듯 고비를 넘기면 우리의 우정은 더욱 끈끈해졌다. 그런데 이번 일은 내 앞에 놓인 급한 일을 해결하느라 그녀의 하소연을 뒤로 한 건 아니었나 하는 생각이 자꾸 들었다. 가끔 그녀의 말에 귀를 기울여 주고 그녀의 표정을 유심히 살폈어야 했다. 그렇지 못한 나에게 항의하듯 축 늘어진 스파트필름처럼 그녀는 내게 등을 돌리고 말았다.

나는 사람의 마음을 헤아리는 데 미숙하다. 속 시원히 말해주기 전에는 웃을 때와 울 때만을 구분할 뿐이다. 상대의 미묘한 감정을 들여다보며 내 마음을 적절하게 표현한다는 것이 여간 어려운 일이 아니다. 핵심을 잘못 짚어 낭패를 보는 일도 적지 않다. 차라리 가만히 놔두면 뒤틀렸던 일이 어느 순간 저절로 풀리곤 했다. 식물은 의사 표현에 솔직한 편이다. 언제 환기를 시켜줘야 하고 어느 때 햇볕이 필요한지를 몸으로 알린다. 이파리의 변화만으로도 나는 그들의 요구를 짐작한다. 그들은 적당히 봐주는 경우가 없다. 벌레 먹은 이파리가 시간이 지났다고 멀쩡해지지 않는다. 우물쭈물하는 사이 손 쓸 기회마저 사라져버린다. 꾸준히 관심을 주고 그에게 맞는 세심한 사랑을 건네야만 탈이 없다. 어찌 보면 사람도 식물과 다르지 않을 것이다. 이번 일도 친구가 마음을 먼저 열어주기를 바라며 마냥 기다리니 문제가 된 것이다. 그녀에게도 식물에게와 같은 그런 관심이 필요했던 것인지도 모른다.

생각해보니 나는 그녀에 대해 소홀했다. 항상 내 주변에 머물고 있었기에 든든하다고 생각했을 뿐 별다른 신경을 쓰지 않았다. 평소 사교적인 그녀에게 나의 존재쯤이야 대단하지 않을 것이라고 여겼다. 어디에 어떻게 있어도 우리가 친구라는 사실이 변하지 않는 것처럼 각자 일을 열심히 하면서 가끔 시간날 때 만나 밥 먹고 차 마시는 사이가 이상적이라는 생각을 했다. 나만의 착각이었을까. 내 식대로 생각하려 드는 것, 그것이야말로 오만과 독선일 터. 그러고 보니 나는 사람 사귀는 일에 서툰 것은 물론, 소통을 위해 고민하지 않는 편이었다. 내 마음을 다하면 상대방도 알게 되고 그 진심 또한 언젠가는 전해질 거라는 이론을 여지없이 믿고 있었을 뿐이다.

친구는 이별을 통보했지만 이별은 한 쪽만의 결정으로 이루어지는 것이 아니다. 연인의 사랑도 그럴진대 우정이라면 더 말할 것도 없다. 우리는 30년을 한결같이 믿고 살아왔다. 또 다른 친구가 있어도 가장 힘들 때나 기쁠 때는 서로를 찾았다. 취미가 다르고 사고가 같지 않아도 이만큼 올 수 있었던 것은 믿음이 있었기에 가능했지 싶다. 하지만 이제 그 확신만 믿고 어정쩡하게 서성일 때는 아닌 듯하다. 이번 다툼으로 그녀도 나도 넘어서는 안 될 선을 넘고야 말았다. 그녀는 내게 칼로 무를 자르듯 헤어지자는 말을 했고 나는 그 말에 발끈해서 하지 말아야 할 말을 했다.

장마가 시작된다는 예보다. 아침부터 하늘은 온통 찡그린 얼굴이다. 잠잠하던 나무를 몇 차례 바람이 흔들고 지나갔다. 나는 스파트필름이 있는 곳으로 갔다. 잎과 꽃을 꼿꼿하게 세우고 바람을 맞아 살랑댄다. 밑둥치 주변 흙을 눌러주고 잎을 다독였다. 이제 뿌리는 더욱 깊게 자리를 잡을 것이다. 잎과 꽃도 한결 생생해질 터이다. 출입구 쪽으로 나가 구름 낀 하늘을 올려다보았다. 한바탕 폭우가 쏟아질 기세다. 비가 그치고 구름이 걷히면 다시 햇살이 나오듯 친구의 연락을 기다려보련다.

나는 오늘에서야 스파트필름의 꽃말이 '세심한 사랑'이란 걸 알았다.

악몽이 사라지는 법

어렸을 적 나는 자다가 깨어 뜬금없이 목 놓아 울곤 했다. 한 방에서 아버지 어머니, 동생과 함께 잤는데 한밤중 나의 울음에 온 가족이 일어나 허둥거려야만 했다. 먼저 귀가 밝은 아버지가 깨어 불을 켰다. 나는 그대로 계속 울었다. 아버지가 내 머리맡으로 와, 아가, 왜 그러냐. 무슨 무서운 꿈이라도 꾼 게냐? 라고 물으면 나는 더욱 섧게 울었다. 뒤이어 어머니가 피곤한 눈을 비비며 일어나셨다. 애가 무슨 안 좋은 꿈을 꿨나, 자다가 왜 이런대유? 하셨다. 나는 눈을 감고 울었고 아버지와 어머니의 목소리를 들으며 다시 잠이 들었다. 아버지는 베개를 고쳐 베주셨을 것이고, 어머니는 이불을 가슴께까지 끌어 덮어주며 내 가슴을 토닥거려 주셨을 것이다. 하지만 며칠 지나 나는 또 그렇게 울었다. 아버지는 그때도 영문을 모른 채 불을 켰고 어머니는 그런 나를 걱정하셨다.

나는 잠만 들면 전쟁통에 아버지 어머니를 잃고 황량한 벌판에 혼자 서 있었다. 낯모르는 이들이 내 등에 총을 겨눠서 무서웠다. 온 힘을 다해 뛰어도 그들의 손아귀를 벗어나지 못해 갑갑했다. 숨어도 어김없이 발각되었다. 어떤 땐 둘째오빠의 주검을 보았고, 또 어떤 날은 피난 중 어머니의 손을 놓아 인파 속에서 공포에 떨어야만 했다. 그런 날은 작은방에서 혼자 자는 셋째언니까지 깼고 건넌방의 큰오빠와 큰새언니도 안방으로 건너왔다. 동생은 영문도 모른 채 일어나 앉아 눈을 비볐다.

"아앙, 죽지 말란 말여. 아무도 죽지 말란 말여."

그때는 죽음에 대한 공포가 가장 컸다. 대낮에 깨어 있어도 꿈속에서 식구들이 죽어나간 것을 생각하면 한없이 슬펐다. 멀쩡했던 사람이 밤이 되면 주검으로 내 눈앞에 나타나니 낮에 살아 있다는 것마저도 목이 메고 아팠다. 어느 날 갑자기 혼자 남을 내가 한없이 안쓰럽고 불쌍했다. 그런 생각이 하루가 다르게 자라고 있다는 사실이 두려웠다.

하루는 꿈속에서 아버지를 비롯한 식구 모두가 삽시간에 사라진 적도 있었다. 나만 놔두고 멀리 도망을 갔을 것이라는 생각보다는 가족 모두가 어딘가에서 한꺼번에 죽었을 것이란 생각이 깊게 나를 휘감았다. 나는 밥을 먹다가도 훌쩍였고 해가 지는 걸 보면서도 울었다. 밤이 오는 게 싫었다. 어두워지면 아버지 바짓가랑이를 더욱 세게 붙들고 가는 곳마다 졸졸 따라다녔다.

어느 날 내 머리맡에서 두런거리는 아버지와 어머니 목소리를 들었다.

"담부턴 애들 듣는 데서 전쟁 얘기 안 허는 게 좋겄슈."

"어허, 이 사람아. 내가 그냥 했나, 즈들이 물어보니 해준 거지."

"그래두 대창에 찔려 마을 사람들이 죄 죽어 나자빠졌던 얘기는 허지 말유. 그 얘긴 나두 힘들구먼유."

"알았네. 애 앞에선 무슨 말을 못허겄구먼."

"애가 막내보담도 키가 안 크는 이유가 거기 있는지두 물류. 잠을 잘 자야 키두 큰다잖유."

"재는 유독 생각을 키워서 허는 거 같어."

아버지는 헛기침을 하고는 담배에 불을 붙이셨다. 한동안 매캐한 담배연기가 온 방안을 감쌌다.

그 다음부터 아버지는 우리들 앞에서는 무서운 이야기는 삼가셨다. 전쟁 이야기며 간첩 이야기는 그날 이후 우리 집에서 사라졌다.

내가 밤에 깨서 우는 일도 없어졌다. 대신 멋있게 생긴 남자배우와 오솔길을 걷거나 함께 단팥빵을 먹는 꿈을 꾸곤 했다. 혼자 여행도 떠났다. 큰 고기를 잡아오라고 노인을 먼 바다에 보낸 헤밍웨이도 만나고 '어린 왕자'와 나란히 작은 의자에 앉아 지는 해를 바라보는 날도 많았다.

낮에 들었던 이야기를 떠올리며 생각을 부풀려 꿈속에서 악몽과 마주하던 나는 끔찍한 악몽에서 멀리 도망가는 법을 알게 되었다. 무서운 내용의 드라마나 영화를 멀리하고 흉측한 이야기를 가급적 듣지 않는 것. 또 사랑과 감동이 넘치는 이야기책을 읽는 것이었다.

악몽을 사라지게 하는 법은 참 간단했다.

●

완벽한 행복을 꿈꾸는 법

몇 해 전 양주시에서 거리 화단 가꾸기 사업으로 다량의 튤립을 심었다. 웬만한 꽃축제에 견줄 만큼 곳곳에 다양한 꽃들로 화단이 조성되었다. 오며가며 그것을 본 주민이 그 중 튤립을 구해달라고 했다. 나는 꽃시장에서 그의 주문대로 여러 가지 색깔의 튤립을 가져와 화원 마당을 채웠다. 하지만 정작 많은 양을 구입하겠다던 손님은 색깔 별로 한두 개씩만 가져갔다. 구근 늘리는 방법을 알아냈으니 많은 양이 필요없다는 것이었다. 화원 마당의 대부분을 차지하던 튤립은 날이 따뜻해지면서 금세 꽃을 피웠고 얼마 안 가 꽃은 모두 지고 말았다. 구근 관리를 잘해서 다음 해에 상품으로 내놓아도 될 일이었지만 화원과 농장을 겸할 수 없는 처지이고 보니 그 꽃은 애물단지가 되어버렸다. 그때 마침 17세기의 '튤립 투기' 현상이 떠올랐다.

튤립의 나라로 널리 알려진 네덜란드에서는 1630년경에 튤립 재배가 크게 유행했다. 다양한 품종이 개발된 것도 그 즈음이었다. 1633년부터 4년여에 걸친 '튤립 투기' 열풍은 당시 유럽 경제를 일순간 혼란에 빠뜨려버린 사건으로 기록되었다. 튤립 한 뿌리를 손에 넣기 위해 총독에게 바친 물품은 금화 2,500플로린에 해당하는 값어치로, 자그마치 우리 돈으로 1억6천만 원 정도였다고 한다. 가격이 오를 대로 오르자 끝내 거품이 터졌다. 한순간에 상인들은 빈털터리가 되었고 귀족들은 담보로 영지를 잡혀야만 했다. 네덜란드가 경제대국의 자리를 영국에 넘겨 주게 된 사건이었다.

튤립은 천 년 전부터 페르시아와 터키에서 자라던 야생화로 한때 오스만 제국의 상징으로 자리잡았던 꽃이다. 시인들은 튤립을 찬미하며 시를 썼고 화가들은 각종 장식에 튤립을 이용했다. 튤립에 얽힌 다양한 신화나 전설은 접할 때마다 새롭다. 꽃은 왕관을 닮았다느니, 이파리는 칼과 비슷하고 뿌리는 황금과도 같다느니 그럴듯한 이야기로 전해진다. 또한 가을의 신 벨투스로부터 튤립이라는 소녀를 지켜주기 위해 정조의 여신 다이애나가 튤립을 가을과 영원히 만날 수 없게 봄에 피는 꽃으로 변하게 하였다는 이야기는 언제 들어도 흥미롭다. 이처럼 튤립은 다양한 이야기를 만들어내면서 더욱 더 화려하게 피고 지기를 반복했다. 그리고 어느 순간 속절없이 사위었다.

나는 해마다 튤립의 매력에 빠지곤 한다. 항상 여분의 튤립을 구입해 집으로 가져와 식탁에 장식하는 것을 좋아한다. 화분에 심긴 것과 또 다른 매력이 절화折花에 있다. 정원을 갖게 된다면 꼭 튤립을 심어볼 참이다. 정원에서 꺾은 갖가지 색의 튤립을 물병에 꽂아 집안 곳곳에 장식하련다.

유럽의 경우처럼 투기를 위해 들여놓은 것은 아니었지만 봄 장사를 시작하는 시점에서 나의 신중치 못함이 가져온 피해는 의외로 컸다. 따지고 보면 손님과 나 사이에는 계약서가 필요했다. 뿐만 아니라 상인으로서는 없어도 될 알량한 자존심은 버려야 했다. 당신이 주문한 꽃은 반품할 수 없다며 그 집 대문 앞에 부렸어도 좋았다. 지금도 크게 다르지 않지만 당시 나에게는 장사꾼 역할도 맞지 않았고 자격도 미치지 못했다. 노련한 장사꾼이라면 샘플을 먼저 보여주고 몇 개가 필요한지 주문대로 적어 놓았어야 옳았다. 그러면 나의 계획성 있는 진행에 놀라 그는 더욱 신중했을 테고 내가 가져온 꽃은 넓은 그 집 정원을 화사하게 장식했을 것이다. 꽃말이 주는 의미를 전해주고 튤립의 매력을 높이며 그가 더 많은 양의 튤립을 장만할 수 있도록 유도하는 것도 좋은 방법이었을 것이다.

"이 집은 전체적으로 우리 동네에서 보기 드문 구조네요. 정원이나 울타리를 따라 흰 색 튤립을 심어 보세요. 이곳이 '지상천국'임을 사람들은 금방 알게 될 거예요. 분홍색은 '완벽한 행복'이라고 하니 그 색깔도 좋겠군요."

안주인은 능숙한 나의 설명에 정원에 가득 피어난 튤립을 상상하며 흐뭇해했을 것이다.

그러고 보니 튤립은 그 색이 다양한 만큼 꽃말도 각기 다르다. 빨강색 튤립 부케를 건네주면 사랑을 선포하는 것으로 받아들인다고 한다. 자주색은 '충성'이요, 보라색은 '겸손'이다. 튤립의 원조라 불리는 노란색은 '우정'을 뜻한다. 오렌지색은 '열정'이고 알록달록한 색은 '당신의 눈은 아름답다'는 뜻을 지녔다. 그때 내가 이런 식의 정보라도 슬쩍 흘렸더라면 어땠을까.

당시 마당 귀퉁이에 밀어두었던 튤립 구근은 화원을 오가는 손님들에게 하나씩 나눠주었다. 지금쯤 어딘가에서 구근을 늘리고 있을 튤립이 새삼 궁금해진다. 꽃은 우리 인간을 위해 신이 만들어 놓은 선물이라고는 하지만, 그들은 어디까지나 종족보전을 위함이 아니던가. 목적이야 어떻든 우리는 아름답게 꽃을 바라봐주면 되는 것임을.

나는 튤립 한 다발을 신문에 말아 집으로 가져왔다. 분홍색 튤립을 화병에 꽂아 주방 창가에 올려놓았다. 지금부터 나는 '완벽한 행복'을 기다리련다.

해피트리

두 번의 결혼에 실패한 그녀는 언제부턴가 꽃에 관심을 두었다. 퇴근해 들어오면 텅 빈 집안이 무척 낯설었다. 우연히 길을 가다가 만난 제라늄 화분을 들여놓고부터 하나둘 화분의 종류와 수를 늘여갔다. 그녀는 외로워서 꽃을 기른다고 했지만 지금은 거의 중독에 가깝다. 베란다에 온갖 꽃들이 바람에 하늘거렸다. 웬만한 사람은 쉽게 피울 수 없다는 호야 꽃도 그녀의 화단에서는 해마다 서너 차례 만날 수 있다. 난蘭이며 선인장, 그 외 분재에 매달린 앙증맞은 꽃들까지…….

꽃이 피지 않는 식물이라도 푸른 이파리에 마음이 가 닿으면 망설이지 않고 집안에 들였다. 크고 작은 항아리를 들이고 그 위에 올려놓을 스킨답서스를 샀다. 벽에는 러브체인을 걸었다. 햇살이 잘 드는 곳에 화단을 만들어 채송화를 심고 벌개미취 씨를 뿌려 마치 마당가에 저절로 피어난 꽃처럼 연출했다. 하늘은 화단의 배경이 되고 가끔씩 흐르는 구름은 기분에 따라 알맞은 모양이 되어 지나갔다. 거실에 앉아 베란다 쪽을 바라보며 차를 마시면 어느 분위기 좋은 카페에 와 있다는 착각이 들기도 한다는 것이다. 나는 그녀의 화단을 보며 남다른 감각에 늘 감탄하곤 했다.

그날 나는 거래처에 외근 중이었다. 1년 전 인근 문화센터에서 실내에 화단을 꾸미고 싶다 하여 서너 개의 플랜트에 작은 정원을 만들어 복도에 설치해주었다. 가끔 들러 배치된 화분을 점검하며 영양제나 거름을 주는 일을 해왔다. 간혹 소품으로 심어놓은 잔잔한 화초들을 싫증나지 않게 바꿔놓기도 하고, 때론 주된 나무를 다른 것으로 교체해 심을 때도 있었다. 유독 더웠던 이번 여름을 끝내 이겨내지 못했는지 메인으로 심어놓은 해피트리가 생기를 잃어가고 있었다. 손을 쓰지 않으면 조만간 흉한 몰골이 되어 보는 이의 눈살을 찌푸리게 할 것이었다. 잎에 벌레가 있나 살펴보았지만 멀쩡했다. 뽑아보니 뿌리도 별다르게 나빠 보이지 않았다. 도대체 어디에 문제가 있는 것일까. 나무를 살피고 있는데 전화가 왔다. 그녀였다.

"오랜만에 화원에 왔는데 출장 중이라고 하네?"

그녀의 목소리는 유독 쾌활했다. 어떤 이유인지 그녀와 통화를 하면 기분이 좋아진다. 생활에 지칠 때 그녀의 목소리를 들으면 언제 그랬냐는 듯 근심과 걱정이 가시곤 했다. 지나치다 싶을 정도로 솔직한 그녀에게 우울한 날이란 별로 없어 보였다. 술을 좋아하고 친구가 많으며 사교성이 남다른 그녀, 사람들에 치여 외로울 틈이 없다고 너스레를 떨곤 했다. 하지만 어느 날 그녀는 밤새워 놀다가도 집에만 오면 언제 그랬냐는 듯 외로움이 폭풍처럼 밀려온다고 실토를 했다. 항상 밝게 생활하는 그녀가 외로울 것이란 생각은 미처 하지 못했었다.

나는 다음에 따로 만나자고 하며 차나 한 잔 마시고 가라 했다.

"일행이 있어서 그럴 시간은 없고, 다음에 다시 올게. 화분이나 몇 개 가져가야겠다."

"또 들이게? 늬집 베란다 넘쳐나겠다."

"좋은 걸 어떡하니?"

까르르 웃으며 유난히 튀는 목소리로 호들갑이다. 나는 직원을 바꿔 달라 해서 가격을 깎아줄 것과 덤으로 그녀가 좋아하는 소품 몇 개 챙겨줄 것을 당부했다. 다시 전화를 받아든 그녀는 조만간 꼭 만나자고 했다.

"나, 할 말 있어."

그녀답지 않게 목소리에 약간의 긴장감이 느껴졌다. 낯설지만 나쁘지는 않았다.

"무슨? 물론, 좋은 일이겠지?"

"어, 그럼. 그렇다고 할 수 있지."

궁금했다. 하지만 내가 묻지 않아도 그녀는 내게 재촉할 시간을 주지 않는다. 이번에도 예외가 없었다.

"나, 결혼했어."

"엥? 또?"

나도 모르게 튀어나온 말은 그다지 긍정적이지 못했다. 남들이 그녀를 어떻게 생각할까 걱정이 앞섰기 때문이다. 다시 하는 결혼이 쉽지 않다는 것을 알기에. 하지만 두 번도 아닌 세 번째의 결혼에 그녀는 너무나 당당했다. 너무 쉽게 결혼한다는 생각이 들었지만 축하해줘야 할 일에 '엥? 또?'라고 했으니, 말을 마치며 친구에게 미안한 생각이 들었다.

"어, 또 했어. 몇 달 전에."

"그런데 왜 그 얘길 이제 해? 몰랐잖아."

"나야 좋아서 했지만 남들은 내가 이상한가 봐."

그녀가 또 웃었다.

그녀의 첫 남편은 생활력이 없었다. 거기에 노름까지 일삼았다. 그러다가 어느 날 갑자기 행방불명이 되었고 결국 그녀는 이혼소송을 낼 수밖에 없었다. 수년 후 재혼을 하면서 첫 남편의 홀로 남은 노모와 자기의 아들을 가까이로 데려와 돌보다시피 한 지 몇 해째다. 두 번째 결혼은 따질 것 따지고 볼 것을 본 후에 결정을 했다. 하지만 겪어본 후에 아는 게 사람 마음이고 살아봐야 실감하는 게 부부관계라 하지 않던가. 몇 해를 못 이긴 그녀는 또 이혼했고 이유는 서로에게 실망을 하여 그리된 것 같았다.

그녀는 다음에 긴 얘기를 해주겠다며 일행이 기다린다는 핑계를 대고 바삐 전화를 끊었다. 나는 한참을 서서 휴대폰만 바라보았다.

상한 나무를 뽑아낸 자리가 휑했다. 그곳으로 서늘한 바람이 한 가득 들어찬 기분이다. 나는 가져온 나무를 한쪽에 세워놓고 뽑았던 나무를 다시 심어 위치를 바꿔볼까, 잠시 생각했다. 육안으로 문제가 확인되지 않는 것으로 보아 환경이 맞지 않아 적응을 못하고 있는 것인지도 모른다는 생각이 들었다. 같은 날 심었던 다른 나무들은 멀쩡했다. 흙이나 주변의 식물들도 같은 조건과 종류로 심었던 터다. 플랜트의 위치를 바꾸게 되면 전체적인 균형이 무너진다. 애초에 놓을 자리를 정해 디자인한 것이었다.

눈에 보이지 않는다고 문제가 없다고 단정 지을 일은 아니다. 보이는 것이 전부는 아니기 때문이다. 어쩌면 이 나무야말로 이곳의 다른 식물들과 어울리지 못하는, 성질이 까다로운 나무였는지도 모른다. 상생하지 못할 바에야 적응하지 못하는 쪽을 뽑아내는 게 낫고, 이럴 땐 다른 나무를 심는 것도 방법일 수 있다. 뽑혀진 것도 버릴 것이 아니라 화원으로 가져가 관리를 하면 소생할 터였다. 이곳이 그의 자리가 아니라면 굳이 다시 심을 이유가 없다. 옆에 세워뒀던 새로 가져온 나무를 심었다. 같은 해피트리다. 길이가 3미터 가량의 플랜트에 2미터 높이의 해피트리가 잎을 펼치며 한쪽에 자리를 잡았다. 뿌리를 내려 제자리를 잡을 때까지는 몇 번의 몸살을 앓아야 할지도 모른다. 흙을 마저 채우고 꼭꼭 눌러주었다. 그녀를 생각하면서.

행복하면 그만이다. 결혼을 하고 또 하면 어떤가. 신중해야 할 일이지만 그녀인들 신중하지 않았을 리 없다. 시작할 때 헤어질 것을 작정하고 결혼하는 사람은 없다. 우연히 그 지점에 닿았다가 적응하지 못하고 그리된 것일 뿐. 남들 눈 속이며 부적절한 만남을 하는 이들에게 비할까. 필요 이상으로 남을 의식하다가 하고 싶은 것도, 해야 할 일도 하지 못하고 지나치는 경우가 있다. 그녀는 나와 다르다. 매사 남의 눈치만 보고 스스로 만든 잣대에 갇혀 아무 것도 하지 못하는 나와는 너무도 대조적이다. 그녀는 언제나 솔직하고 매사에 당당하다. 머뭇거리지 않으면서 한편으로 신중하기도 하다.

시대는 변했다. 곁에 두고 미워하며 사는 것보다야 떨어져 지내는 편이 나을 수도 있지 않을까. 마음에 안 들어 이별도 하고 헤어졌다가도 그 사람이 그리워 다시 만나는 경우도 허다하다. 나는 그녀의 용기가 부러울 뿐이다. 그녀야말로 사람을 제대로 사랑할 줄 아는 여자이며 자유가 뭔지를 진실로 느낄 줄 아는 것 같다.

작업을 마무리하고 플랜트 주변을 정리했다. 가져온 종이상자에 상한 나무를 챙겼다. 새로 심은 나무의 잎이 창 쪽에서 비치는 햇빛을 받아 반짝였다. 주변에 함께 심긴 소품들도 더욱 생생하게 살아나는 느낌이다. 그녀도 새로 꾸민 보금자리에서 새로 맞이한 낭군과 이렇듯 잘 어우러지겠지. 자신의 삶을 사랑할 줄 아는 여자, 그녀가 이번에는 뿌리를 잘 내려 오래도록 그 자리에 어울리는 사람으로 서 있어주기를 바란다.

노을빛 고독의 문학성과 철학성

김우종/ 문학평론가

『한국현대수필 100년』(졸저)의 598쪽에는 한복용 수필에 대한 칭찬이 나온다.

> "한국 수필에서 이만큼 의도적으로 그런 기법을 구사하며 성공하고 있는 것은 드물다."

이것은 한복용의 첫 수필집『우리는 모두 흘러가고 있다』에 실린「현관 앞에서」에 대한 평가인데 과찬인 듯하지만 사실대로 적은 것이다. 평자도 이런 작품을 만나면 글쓰기가 매우 즐거워진다.

창의적인 레토릭이 무시되는 어떤 글도 문학이 아니고 예술이 아니다. 그런데도 수필계는 다른 장르에 비해서 여전히 이를 무시하는 안일과 나태와 무능에 너무 관대하며, 또 이를 가르치는 좋은 스승도 만나기 어려운데 한복용은 스스로 뛰어난 수필의 기법을 훌륭히 성공적으로 개발해나간 셈이다.

이 수필은 한 단어, 한 구절, 한 문장 그리고 쉼표 하나까지 고독의 빛깔이 구석구석 스며들어 있다. 고독을 마음의 상처라고 한다면 그 빛깔은 매 맞은 자국처럼 푸르죽죽할 것이다. 그런데 작자가 말하는 고독의 상처는 아름다운 노을빛이다.

저녁노을은 흔히 센티멘털리즘을 유발한다. 그렇지만 한복용의 그것은 가벼운 감상주의가 아니다. 병리학자들에게 이 빛깔의 원인 규명을 부탁하면 현대문명의 구조적 메커니즘이 저지른 질병이라고 할 것이다. 그것이 우리들을 거의 예외 없이 혼자서 길 잃고 방황하는 나그네로 만들고 있다는 뜻이다. 김광균이 '와사등'이라는 근대문명을 만나면서 밤거리를 방황하는 고독한 시인이 된 것은 이런 고독한 문명사회의 시발점일 것이다.

그런데 작자에게는 이런 고독 외에 개인적으로 겪게 된 깊은 외상外傷으로 인한 고독이 있다. 그리고 이 작가는 다른 모든 생명체들이 그렇듯이 태생적으로 일평생 안고 사는 내상內傷으로서의 고독이 여기에 합병증으로 얽혀져 있다.

그런데 이것은 나쁜 것만은 아니다. 이 세상이 슬픔이 없는 천국이라면 문학도 없다. 문학은 짙은 슬픔을 더 많이 마실수록 더 아름다운 꽃을 피우는 생명체이기 때문이다. 한복용이 화원에서 매일 키우며 많은 사람들에게 나눠주는 꽃들 속에도 조상이 그런 슬픔의 이슬을 먹고 자라고 핀 명품들이 많을 것이다.

한복용 수필은 이런 고독의 상처를 스스로 치유해나가는 아름다운 몸부림이며 이것이 이 작가의 문학세계가 되고 있다. 치유의 과정은 가엾기도 하지만 문학적 기법과 함께 매우 성공적인 것이어서 아름답다. 그래서 한복용은 고독의 미학을 탐구하는 작가라고 해도 좋을 것 같다. 물론 그의 모든 작품 주제가 여기에만 집중되고 있는 것은 아니지만.

노을빛 외상外傷

인간의 고독은 버려짐에서 시작된다. 엄마의 탯줄이 끊겨져 나가는 순간부터 끊임없이 버려짐의 절차를 밟아나간다. 그리고 마침내 어느 날 모든 것으로부터 완전히 버려지고 혼자서 흙으로 돌아간다. 그런 의미에서 인간은 누구나 태생적으로 고아원 출신이며 버려짐은 슬픔이 되고 노여움이 되기도 한다.

그런데 이 작가는 좀 심하게 남보다 일찍 버려짐의 절차를 밟은 기억이 있다.

「노을」에서 작자는 일곱 살 때 아버지가 자기를 충청도 서산의 외가에 맡기고 떠난 것으로 나타나고 있다. 다음 장날 때 꼭 데리러 온다는 약속을 하고 떠났었는데 아버지는 다음 장날에도 아니 오고 그 다음, 그 다음에도 오지 않았다. 어느 날은 오빠가 새 언니와 함께 나타났었지만 매정하게 그냥 내버리고 떠났다. 그렇게 버려지고 아버지를 기다릴 때마다 툇마루에 앉아서 내다보는 하늘은 늘 붉은 노을빛이었다. 그처럼 버려질 때도 기다릴 때도 늘 하늘은 노을빛이었기 때문에 작자의 고독은 노을빛 기억으로 새겨지게 되었다. 아니 꼭 그 시간에만 아버지를 기다린 것은 아니겠지만 온 하늘이 붉게 물들던 시간이면 더욱 기다림과 버려짐의 슬픔이 짙어지기 때문에 그의 고독의 빛깔은 노을빛이 되었을지도 모른다.

노을은 작자의 경험이 아니라도 누구에게나 고독의 빛깔이다. 아름답기는 하지만 밝은 태양이 사라지고 캄캄한 어둠이 다가옴을 예고하는 시간이다.

아침에 우는 새는 배가 고파 울고요
저녁에 우는 새는 님이 그리워 운다

저녁노을은 이렇게 고독감이 절실해지는 시간이다. 그러니까 작자가 그렇게 어린 시절의 버려짐과 고독을 노을빛으로 기억하지 않더라도 그것은 노을빛일 수밖에 없는데 한복용 작가의 그것은 남달리 새빨간 노을빛일 것이다.

어린 시절에 작자가 겪은 고독은 버려짐으로 인한 것이다. 스스로 혼자가 된 고독이 아니라 타인에 의해서 버려진 것이기 때문에 상처가 깊을 수밖에 없다. 그리고 어린 시절의 그 기억은 일시적인 것일 수 있지만 그 당시의 외상은 지금도 치유되지 않고 작자의 잠재의식 속에 그늘을 드리우고 있을 것 같다. 그리고 성인이 되고 작가가 됨으로써 이것은 작자가 치유해나가야 할 상처일 뿐만 아니라 작가가 짊어지고 풀어나가야 할 과제가 됨으로써 이것이 한복용 수필의 개성과 인생철학적 가치를 성숙시키는 필수적 정신세계가 되었을 듯하다.

「오렌지 꽃향기는 바람에 날리고」에는 세 명의 인물이 나타난다. 그런데 문학적 소재로서 긴장감을 주고 있는 소재는 아니다. 그들은 테이블이 네 개가 있는 작은 카페에서 몇 차례 만나고 헤어진 인물들이며 사랑이 있고 이별이 있지만 독자의 흥미를 돋울 긴장관계는 없다.

화자인 한복용은 시골서 올라온 후 자주 이 카페에서 시간을 보낸다. 여기서 커피를 주고 음악을 틀어주는 여자를 늘 만나면서 이야기도 나누지만 이들은 모두 혼자다. 작자는 이 여자가 좋아서 찾아가기도 하지만 둘이 만나서 하나가 되는 어떤 관계도 발생하지 않는다. 그들은 모두 자기만의 내면의 의식 속에 갇혀서 스스로 문을 잠그고 있다. 그것이 의도적일 수 있지만 스스로 고독의 울타리를 치고 있는 것은 아니다. 카페는 많은 사람들이 찾아오는 곳이지만 그곳의 그녀나 작자나 모두 누구와 하나가 될 준비가 되어 있지 않다. 그들은 그냥 그렇게 하나로 살아가는 모습이다.

작자에게는 카페에서 자주 만났던 남자가 있다. 서로 좋아하지만 마음의 문을 열어주고 받아준 일이 없다. 그리고 얼마 후 젊은이는 군에 입대한다. 좋아하는 사람과의 이별이니 긴장된 스토리가 엮일 수 있고, 작자는 입대 후에 편지나 쪽지를 남긴 일도 있지만 더 이상 만남으로 이어지지는 않는다.

한마디로 말해서 이 작품은 고독자들 세 사람의 풍경화다. 자주 만났지만 그들은 서로 타인과 타인으로 끝난다.

고독자들이 등장하되 서사문학적 갈등관계가 전개되지 않으면 이것은 회화적 풍경이 된다. 움직이지 않으니까 그림이 된다. 그러므로 쓰기 어려운 수필이 된다. 사건 전개가 되지 않으면 주제를 형성해나가기 어렵기 때문이다.

작자는 이런 어려움을 우수한 기법으로 잘 처리해나가며 '고독의 문학'을 만들어내고 있다.

이것이 일반적 소설의 형태라면 세 인물은 타인과 타인들만의 만남과 헤어짐으로 끝나지는 않을 것이다. 많은 사건들이 서로 얽히며 갈등과 긴장이 이어질 것이다. 그러나 이것은 수필이며 작자는 그림과 같은 풍경 속에 인간 존재 형태의 실상을 잘 보여주고 있다.

태어날 때부터의 인간 존재의 운명적인 실상은 여기서 그려진 모습 그대로다. 철학적 탐구를 통해서 자신의 내면을 깊이 있게 관찰해보면 사람은 백 번 천 번을 만나도 모두 혼자만의 독방 속에 갇혀서 살다 가는 일이 많다. 고독의 철학을 통한 투쟁의 결과를 얻지 않는 이상 모두 그렇다. 작자는 좋아하는 남자를 등장시키면서도 그처럼 혼자만의 세상에 갇혀 사는 자신의 모습을 그리면서 매우 농도 짙은 고독의 풍경을 그리고 있다. 그리고 이것이 우리들이 부인할 수 없는 궁극적인 자화상이라는 의미에서 감동을 준다.

그런데 이처럼 사랑하는 사람까지도 문을 열어주지 않고 혼자만의 독방을 지켜나가는 삶은 옳은 선택만은 아니다.

의도적인 선택으로서의 고독은 피해의식이며 인생의 포기다. 어린 시절에 겪은 아버지로부터의 버려짐이 아니더라도 우리는 한평생 수없이 누군가로부터 또는 무엇인가로부터 따돌림을 받으며 고독으로 내몰려 산다. 그렇다면 고독은 우리 스스로 패배자로서 삶을 포기하지 않는 이상 스스로 싸우며 극복해야 할 과제다.

이 작가는 이런 고독과의 싸움으로 참으로 아름다운 삶을 단단하게 구축해 나가고 있다.

고독과 개망초 꽃밭의 치유

이런 의미에서의 긍정적인 고독의 철학은 「개망초꽃」에서 잘 나타나고 있다.

여기서 작자는 작은 문학동호회의 사무국장이 되고 C선생이 초대 회장이 되고 있다. 그런데 잦은 의견 차이로 두 사람 사이는 점점 멀어진다. 마침내 작자는 동호회와 작별한다.

동호회를 떠나고 회장과 헤어진다는 것은 그만큼 자신의 영역을 좁히는 결과가 된다. 그 원인이 회장에게 있었다면 작자는 C선생으로부터 따돌림을 받은 피해자로서의 고독자가 되는 것이다.

이런 일이 다른 곳에서도 자주 반복되면 작자는 이 세상에 혼자 남게 된다. 그런데 어느 날 작자는 C선생의 부탁을 받고 나간다. 수필을 발표하며 여기에 붙일 회암사 사진을 찍어달라는 부탁이다.

그래서 회장을 만나고 사진을 찍다가 바람에 실려오는 개망초의 꽃 향기를 맡으며 새로운 변화가 나타나게 된다. 개망초에도 향기가 있다는 사실에 대하여 새삼 놀라게 된다. 그리고 이것이 C선생에 대한 화해로 이어진다. C선생에게도 향기가 있는데 미처 깨닫지 못하고 있었다는 얘기다. C선생의 굽은 등을 처음 보게 되고 개망초의 꽃말이 '화해'라는 것을 떠올리면서 그 동안의 잘못된 기억들이 꽃잎처럼 한 겹씩 떨어져 나갔다는 것. 그리고 "가없이 맑은 하늘이 나에게로 다가왔다"는 것이 이 작품의 마무리다.

이 수필은 매우 적절한 소재를 통해서 작자의 '고독의 미학'을 보여주고 있다. 작자는 "미처 알지 못했던 개망초의 향기"를 'C선생에 대한 새로운 발견과 이해'라는 기호로 읽고 있다.

이 세상 모든 사물은 사전적 의미 외에 우리가 읽어내야 할 의미를 따로 지니고 있다. 기호학적 해석인 셈이다. 원형적 의미를 캐 들어가며 상식적 기성관념을 떨쳐버리면 이런 답이 나올 경우가 많다. 러시아의 철학자 빅토르 쉬클로프스키가 꼭 100년 전(1917년)에 산문과 다른 시의 언어의 차이를 설명하며 '낯설게 하기defamiliaryzaion'를 말할 때 '…… as they are perceived and not as they are known'이라고 한 것이 이에 해당되는 셈이다. C선생에 대하여 미리부터 지니고 있던 그에 대한 사전적 정의辭典的 定意를 버리고 새 의미를 부여한 것이다. C선생에게도 향기가 있을지 모른다고.

작자는 개망초 향기를 맡으며 C선생을 생각하고 그 의미에 접근하며 화해의 단계로 양자관계를 바꿔나가고 있는 것이다.

이 경우에 작자가 사진 촬영 전에 이미 C선생과의 화해를 준비하고 있었다면 이를 암시할 수 있는 적절한 소재를 찾고 있다가 개망초를 만났을 가능성도 있다. 'C선생과의 화해'라는 수필을 쓰려면 그런 창작 동기가 이런 소재를 발견하게 도와줄 것이다. 그럼으로써 작자는 비유법을 도입하여 문학성을 높인 수필을 얻게 된 셈이다.

이런 의미에서 한복용의 고독은 배타적 오만의 고독이 아니라 타인과의 우정을 유지하는 동거이며 공생의 개념이다. 자신만의 혼자의 영역을 지키면서도 가까운 사람들을 사랑하고 포용하는 고독이기 때문에 윤리적이고 도덕적이다.

혼자만의 시간과 공간

어린 시절에 노을빛 고독의 상처를 입은 이 작가는 소위 혼자 사는 여자다. 그런데 이런 용어는 '남편이 없기 때문에 혼자 사는 여자'라는 개념과는 전연 다르다. 특별히 그렇게 불러줘야 할 삶의 형태가 아니기 때문이다.

「반 평의 자유」에 나타나는 이 작가의 혼자만의 삶은 짝을 잃은 외기러기 같은 슬픔과 외로움이라는 수식어가 붙는 고독한 삶은 아니다. 작자는 그냥 혼자 살고 있을 뿐이다. 그것은 작자의 자유로운 선택이다.

작자는 화원을 운영하며 혼자 살고 있다. 이를 위해서 매일 새벽마다 꽃시장에 다녀오는 일과, 주문처로 이를 배달하는 일과, 늦은 저녁에 귀가하는 일의 3단계를 하루의 일정으로 삼고 있으며 이를 위해서 자동차가 필요하다. 이 차에서 그렇게 하루를 지내기 때문에 작자의 삶은 반 평의 삶이다. 반 평이라도 쪽방촌의 반 평이 아니라 좀 비싼 외제차의 반 평이다. 내가 타는 국산 경차에 비하면 궁전에 가깝다.

작자는 여기서 캄캄한 새벽부터 늦저녁까지의 하루를 대부분 보낸다. 그러니까 넓은 아파트가 따로 필요하지 않을 것이다. 잠자고 밥 해먹는 일만 생각한다면 집은 반의 반 평만 되어도 좋을 것이다.

하루를 다 보내는 반 평 공간의 생활은 참으로 활기차고 즐겁다. 이 공간은 마음대로 이동이 가능하기 때문에 갑갑하지 않다. 움직이는 생명체의 속성에 잘 맞는 생활공간이다.

이 속에서 작자는 커피를 마시고 싶으면 그 자리에서 준비된 텀블러잔을 집어들기만 하면 그만이다. 음악도 마찬가지다. 한두 군데 누르기만 하면 그만이고 항상 해설이 따라붙으니 동서고금의 해박한 음악 지식에도 통달하게 된다. 그리고 의자가 곧 침대도 된다. 뒤로 젖히고 눕기만 하면 되기 때문이다. 아마도 신이 나거나 화가 날 때는 사고만 안 낸다면 액셀을 한껏 밟는 쾌감을 즐길 수도 있을 것이다.

반 평 공간의 생활은 이 모든 것이 가능하다. 동거인이 없으니 생활은 절대 자유가 보장된다.

작자가 언젠가 내게 한 말이 있다.

"저 운전 잘해요"

차가 바로 일상적 삶의 공간이니 운전을 잘할 수밖에 없다.

이 작품은 이런 삶의 형태를 매우 재미있게 소개해나감으로써 그런 삶에 대한 유혹을 유발한다. 혹시 남편에게 너무 절망하고 가족도 없는 여자라면 비록 화원 원장님이 아니되더라도 이렇게 차를 몰고 나가서 혼자만의 절대적 고독의 자유를 누릴 수 있으리라. 만일 좀 더 스릴을 맛보고 싶으면 낭떠러지에서 바다를 향해서 액셀을 밟는 유혹에 빠질 수도 있다. 그런데 이 작가의 이것이 고독한 현대인이 선택할 최선의 선택만은 아닐 것이다.

이 수필은 재미있게 읽히면서 혼자 살아나가는 사람들을 위한 밝은 모범답안이 되기도 하지만 한편으로 현대사회의 쓸쓸한 그늘을 보여주기도 한다. 승용차의 반 평의 생활공간은 작자의 선택이지만 그런 선택이 많은 현대인들에게 있어서 긍정적인 의미만 지니는 것은 아니다. 많은 현대인들이 어쩔 수 없이 그런 공간으로 내몰리고 있을지도 모른다. 넓고 맑은 초원에서 도시로 몰려든 많은 현대인들은 농촌보다 부유하고 편리한 삶을 즐긴다고 생각할지 모르지만 그것은 자연으로부터 추방되어 도시라는 감옥에 갇힌 고독한 인간상의 모습이 되기도 한다.

도시 속의 삶이라는 것만이 아니라 인간성이 나날이 상실되고 황폐화되어가는 현실 속에서 차라리 이로부터 도피하고 조금이라도 맑은 공기를 마시며 자유롭게 살기 위해 고급 차의 반 평을 선택한다면 이는 우리들의 비극이다. 그런 의미에서 한복용과 같은 씩씩한 고독자의 모습 뒤에는 현대 사회의 쓸쓸한 그늘이 보인다.

이것이 작자가 선택한 고독이기에 그것은 저물어가는 현대문명사회를 바라보는 듯한 석양빛을 지워버릴 수가 없다. 그래서 이 작가가 그려나간 자화상 속의 노을빛은 어린 나이 때 잉태한 석양의 빛깔이기도 하지만 현대문명의 빛깔이며 특히 아직은 너무도 후진적인 한국사회에서 한국 여성이 겪는 쓸쓸한 고독의 빛깔이다.

신발의 고독

작자는 반 평의 궁전을 즐긴다. 남산터널을 지나면서 통행료를 반값만 내는 나의 경차에 비하면 작자가 캄캄한 새벽부터 몸을 싣고 달리는 그 외제차는 크기와 시설에서 궁전과 쪽방의 차이가 있지만 거기에도 현대문명의 쓸쓸한 그림자가 있다. 다만 그것이 확실히 눈에 띄는 것이 아니다. 「오래된 신발」은 그런 고독의 진실을 극명하게 보여주는 작품이다.

골라놓은 꽃들이 차에 실리기를 기다리며 무심히 나의 신발을 내려다본다. 발목까지 올라오는 작업용 단화이다. 오늘 따라 신발은 간밤에 잠 못 이룬 내 얼굴을 닮아 있다. 어둠이 채 가시지 않은 새벽부터 열심히 달려온 시간. 어제와 다름없이 부지런히 움직였지만 나는 여전히 어제 그 자리에 머물러 있다. 어려운 상황에 부딪히게 되면 그것에 적응하려 무던히도 애를 써보지만, 그 상황들은 늘 새로워서 버겁기만 하다.

이것은 반 평의 공간으로 진입하기 직전에 신발을 굽어보며 그려진 자화상이다. 거기에는 잠 못 이룬 얼굴이 그려져 있다. 일상적으로 수면시간이 짧기도 하겠지만 '잠 못 이룬 밤'이란 주어진 수면시간이 짧았다는 것만을 의미하지는 않는다. 너무 쓸쓸한 고독자도 잠 못 이루는 밤이 많다. 그리고 "어제와 다름없이 부지런히 움직였지만 나는 여전히 어제 그 자리에 머물러 있다"고 했다. 액셀을 아무리 밟아도 나가지 않는 차에 올라타고 있다고 고백한 것이다. 그러니까 이 외제차는 내 깡통차(남들이 그렇게 말한다)보다 성능이 나쁘다.

작자는 이 작품에서 신발이 어려울 때마다 자신을 얼마나 힘있게 받쳐준 고마운 친구인지를 말하고 있다. 어떤 친구는 신발에 보석 같은 것을 달고 다니며 뽐내기도 해서 신분의 차이를 느끼게 할 만큼 주눅들게 하기도 하지만 작자는 자기 신발에 대하여 고마움을 느끼고 있다. 자기를 지금의 이 자리에 이르기까지 수고해주며 먼지 한 번 제대로 씻어주지 못하고 못 생긴 얼굴이 되어버린 신발들이 고맙다.

이런 신발 이야기 속에는 작자의 힘차고 건강한 삶이 있고 철학이 있지만 저 혼자만의 힘으로 살아가는 고독자의 조금은 쓸쓸한 그늘이 드러나기도 한다. 첫 번째 수필집 『우리는 모두 흘러가고 있다』에 실린 「현관 앞에서」가 그런 작품이다. 늦은 밤에 동두천역에서 내리고 귀가하는 사람들을 멀리서 바라보는 '현관 앞에서'의 주인공한테서는 매우 쓸쓸한 고독의 아픔이 나타난다.

소주 반 병의 치유

인간은 누구나 근원적으로 고독의 슬픔을 지니고 태어난다는 의미에서 고아원 출신이라는 말을 앞에서 했었다. 그러므로 이것은 운명적인 것이며 살아가는 동안 내상과 외상으로 덧나기도 하고 때로는 중증으로 악화될 수도 있다. 그렇지만 이것은 극복해가는 과정을 통해서 자신을 단단하고 맛 좋은 열매로 숙성시켜 나간다. 그 방법의 하나가 글쓰기다. 그 중에서도 수필만큼 효율적인 명약은 없다. 자신을 가장 깊이 있게 관찰하는 내성적인 방법이 따르는 문학이기 때문이다. 그것은 이 세상을 더욱 아름답게 수용하는 긍정적 사상과 감정을 키우며 철학적 사고를 통해서 문제의 핵심으로 작자를 유도하는 문학이기 때문이다.

그런데 그런 노력만으로는 너무 벅찰 때도 있다. 그래서 수필의 글쓰기 대신 소주라도 마시며 망각의 늪으로 빠져들고 싶을 때가 있을 것이다.

작자는 반 평의 공간에서 자신감을 한껏 구가하지만 이렇게 소주병이라도 비우며 고독의 아픔을 치유하고 싶을 때가 있음을 보여주고 있다. 그러면서 그 민간요법의 실패담을 고백하고 있다.

그런데 그 고독의 아픔은 작자의 삶의 방법에 대한 도전적 의미를 지니기도 한다.

> 짧은 치마나 달라붙는 바지를 입으면 하늘이 두 쪽 난다고 큰소리치셨던 어머니. 아, 어머니……. 치마 길이가 짧아도 바지가 몸에 달라붙

어도 내게 눈길 주는 이는 아무도 없다는 걸 그 분만 모르셨다. 반듯한 몸가짐이 인생의 정답이 아니란 것을 두 분은 몰랐던 것이다.

작자가 소주 반 병 겨우 비워가며 이겨내려 한 고통은 이것이었다. 몸이 망가져도 좋으니 자기에게 눈길을 돌려주는 누군가가 있어 주면 얼마나 좋겠느냐는 것. 이런 의미의 고통을 이겨내는 방법은 소주 반 병이 아니라 '혼자 사는 여자'이기를 포기하는 것이다. 그러니까 지금까지 성공적으로 살아오고 있는 방법을 포기하는 것이고 '반 평의 자유'를 내던지는 것이다.

이는 작자가 지금까지 지녀온 삶의 철학에 대한 근본적인 수정이며 인생에 대한 항복 선언이 된다. 물론 작자는 그런 사태로까지 자신을 몰고 가지는 않겠지만 그런 삶이 얼마나 힘든 것인가 하는 것을 현대사회, 특히 한국사회의 많은 고독주의 여성들에게 말해주고 있는 셈이다.

다시 붓을 들자

자신의 정체성을 지키기 위해 이렇게 혼자만의 영역을 지키는 삶은 때때로 이처럼 힘겨운 것이지만 작자의 사상과 감정 속에는 늘 긍정적인 답이 준비되어 있다.

「봄 선물」에서 보면 작자의 화원엔 어느 봄날부터 개나리 가지를 한 아름 꺾어 들고 찾아오는 문우가 있다. 그것은 화원에 다녀가는 손님들에게 하나씩 나눠주라고 가져온 선물용 개나리다. 그것은 아마도 이를 가져간 사람들의 가정에서 곱게 피었을 것이다. 그리고 작자의 화원도 그가 가져온 개나리가 활짝 피어서 아주 밝아진다. 서양에서는 Goldenbell이라고도 하듯이 한복용 화원은 황금종의 종소리가 가득해졌을 것이다.

개나리가 피면 한동안 침체되어 있던 작자의 삶에도 활기가 돋는다. 그리고 개나리를 가져오던 그도 달라진다. 어느 날 그는 작자 앞으로 와서 개나리 대신 수필 한 편을 내놓는다. 오랫동안 붓을 끊고 있던 그가 이렇게 글을 쓰기 시작한 것은 큰 변화를 의미한다. 이렇게 작자와 그 문우가 겨울이 지나서 개나리가 활짝 피듯이 달라진 것이다.

작자가 그린 이 두 사람은 자신을 비롯해서 모두 고독의 긴 그림자를 지니고 다니지만 이렇게 정을 통해서 그 고독은 참으로 아름다운 이미지를 지니게 된다.

이 작품에서 보여주고 있는 것은 우정의 소중함이다. 작자가 혼자 살아가면서 지키는 고독은 이런 우정으로 인해서 고립과는 전연 다르다. 타인과의 이질성異質性을 무조건 거부하는 배타적 삶의 형태가 아니라 우정이라는 아름다운 끈으로 이어지고 있는 사랑의 고독이다. 마치 청실홍실의 예쁜 실로 칭칭 감겨져 있는 고독이라 해도 좋다. 그리고 여기에는 작자의 준비된 철학이 있다. 끊어졌더라도 다시 이어나가는 용기와 너그러움이 바탕에 깔려 있는 고독이다. 앞에서 말한 '개망초꽃'의 철학이 그것이다. C선생과는 헤어질 수밖에 없는 분명한 이유가 있음에도 불구하고 다시 이어나갈 구실을 찾아본다. 그래서 개망초에도 향기가 있었다는 구실로 다시 인연을 맺는 것이 작자의 혼자 사는 법으로서의 고독이다.

소외자에 대한 관심

이렇게 혼자 사는 법으로서 작자가 자신의 정체성을 지키고 자유를 지키는 고독자로서의 삶은 본질적으로 비고독주의적이며 반고독주의적이다. 혼자만의 고독의 영역을 지키되 타인들과 우정을 나누며 공생하기 때문이다.

보통사람들의 삶의 형태는 이와 다르다. 결혼을 하고 가족을 구성하기 때문에 이런 삶이야말로 혼자만의 영역을 지키려는 삶의 형태와 달리 고독을 거부하는 것이 본질이다.

그렇지만 그 가정에 자기들만의 부와 명예를 쌓고 또 부부와 형제 간에서도 양보를 거부하고 더구나 누구의 말처럼 수천만이 서로 등쳐먹고 사는 것이 서울시민의 생존법이라고 한다면 우리 사회는 모두 저 혼자만 살겠다는 고독주의자들의 집단이다.

이런 의미에서 비록 반 평의 공간을 고수하며 혼자 살더라도 서로 개망초꽃처럼 은은히 풍기는 향기를 찾으며 우정의 고리로 서로 연결되어 공생해나간다면 이는 혼자만의 고독한 삶이 아니다.

반 평의 자유를 지키며 혼자만의 고독한 영역을 즐기더라도 작자가 이런 자화상을 통해서 그려나간 수필의 세계는 황폐한 현대사회를 살아가야 하는 현대인들을 위한 매우 귀중한 철학이다.

동성애자들의 사랑을 말해나간「떨림의 눈빛」은 그런 철학과 신념을 매우 깊이 있게 천착해나간 수작이다.

소수자인 그들의 사랑은 너무도 낯선 것이며 다수자인 보통사람들에게는 본능적으로 혐오감을 주기 쉽지만 그래도 그들을 이해하고 그들의 고독의 슬픔을 함께 나누려는 생각은 아름다운 휴머니즘이다. 그리고 이런 휴머니즘이야 말로 문학이 추구해나가야 할 가장 소중한 과제이며 한복용은 이런 사상과 정서를 깊이 있게 담아나가며 한국 수필문단에서 훌륭한 기법과 함께 매우 소중한 자리를 만들어가고 있다.

이 작가는 이런 주제 외에도 다양한 분야에서 격조 높은 수필의 매력을 보이고 있다. 일본 후쿠오카 감옥을 찾아가고 윤동주의 추모제에 참여한 후 쓴 것으로 보이는「그의 '부끄러움'과 만나다」는 윤동주 시인의 삶과 작품세계를 짧은 수필의 형식 속에 담아나간 것으로서는 지금까지 내가 본 것 중 대표적으로 우수한 작품이다. 그리고 작자의 놀라운 독서력을 보여주는「서점 가는 날」이나 구스타프 클림트의 유명작 '키스' 이야기인「클림트의 '키스' 앞에서」나 마라톤동호회에서 선수로 뛰고 있는 자신을 소재로 한「미련한 완주」 등은 문학성만이 아니라 '반 평의 자유'를 지키는 작자가 얼마나 넓은 세상을 달리고 있는지를 보여주고 있어서 놀랍다. 이런 놀라움과 함께 작자가 자화상을 통해서 말해온 노을빛 고독의 철학은 그 빛깔만큼이나 아름다운 것이어서 오래도록 많은 독자들의 가슴에 깊이 새겨지게 될 것이다.

지중해의 여름

지은이_ 한복용
펴낸이_ 조현석
펴낸곳_ 북인
디자인_ 푸른영토

1판 1쇄_ 2017년 02월 07일

출판등록번호_ 313 - 2004 - 000111
주소_ 121 - 842 서울 마포구 서교동 467 - 4, 301호
전화_ 02 - 323 - 7767
팩스_ 02 - 323 - 7845

ISBN 979-11-87413-14-1 03810

책값은 뒤표지에 있습니다.
저자와 협의 아래 인지를 생략합니다.